KB009499

비전공자도 바로 활용할 수 있는
세상 모든 건축 아이디어 발상지

생성형 AI 건축 디자인

인테리어·가구·조경까지

초판 인쇄 2024년 4월 25일
초판 발행 2024년 4월 25일

출판등록 번호 제 2015-000001 호
ISBN 979-11-983257-9-2(03800)

주소 강원도 횡성군 횡성읍 송전로 209 (고즈넉한 길)
도서문의(신한서적) 031) 942 9851 팩스 : 031) 942 9852
도서내용문의 010 8287 9388
펴낸 곳 책바세
펴낸이 이용태

지은이 김현수
기획 책바세
진행 책임 책바세
편집 디자인 책바세
표지 디자인 책바세

인쇄 및 제본 (주)신우인쇄 / 031) 923 7333

비전공자도 바로 활용할 수 있는
세상 모든 건축 아이디어 발상지

생성형 AI 건축 디자인

인테리어·가구·조경까지

김현수 지음

챗GPT 와 미드저니
그리고
스테이블 디퓨전
디퓨전 비
컴피 유아이
베라스
스케치업

책바세

프롤로그

다양한 경험을 통해 AI를 완벽하게 구현할 수 있는 시대!

필자는 건축설계를 본업으로 하고 있으며 건축, 미술, 테크놀로지 등에 지속적인 관심을 가져왔다. 또한 몇몇 작가분들과 다음과 같이 미디어아트 관련 전시회를 지속적으로 참여하고 있다.

Arduino

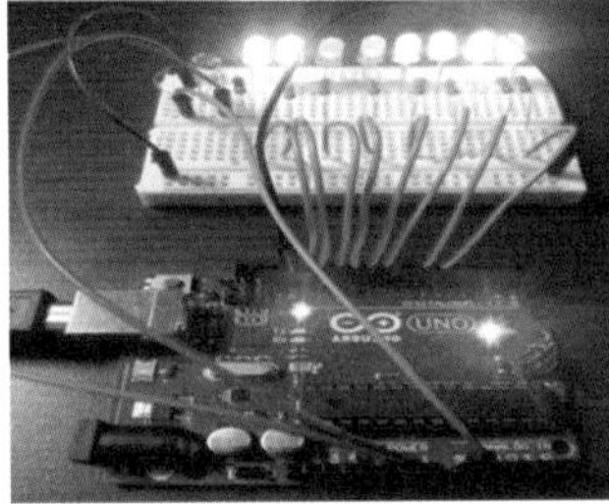

Kinect Grasshopper VVV

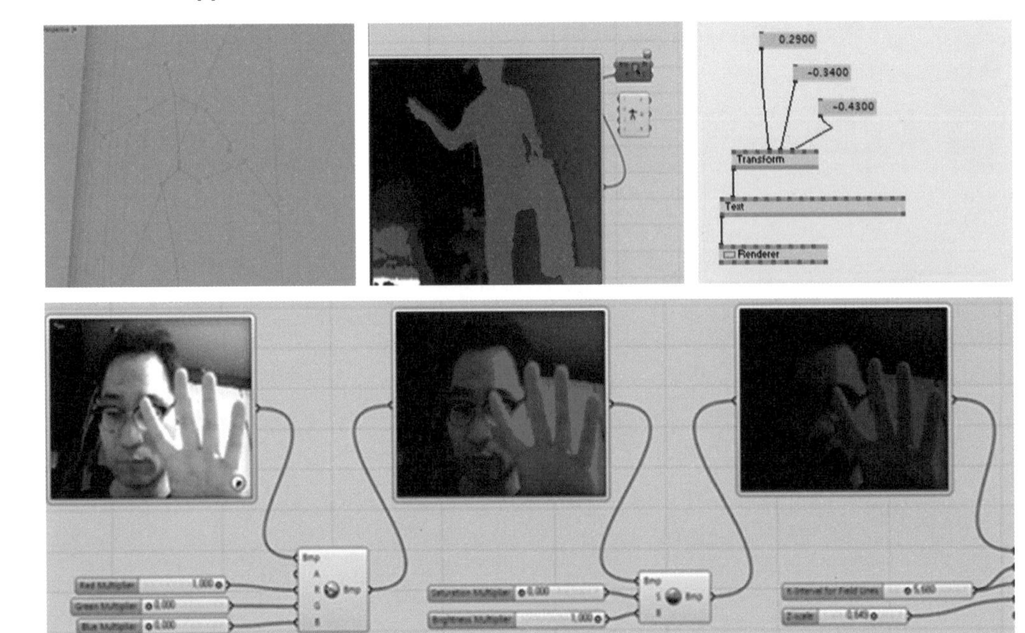

Projection Mapping

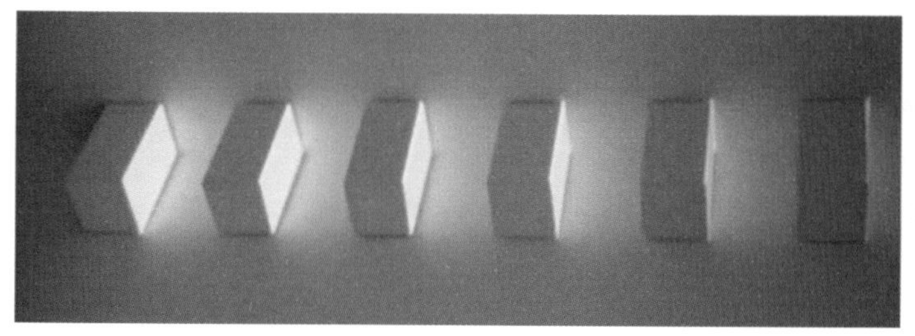

얼마 전 코로나 이후 오랜만에 한전아트센터에서 공동전시를 개최했다. 주제는 인공지능 기술에 대한 조망과 AI 도구를 통해 창의적 가능성을 모색해 보자는 취지였다. 이 전시에서 필자는 챗GPT와 미드저니를 사용하여 역사적인 문학작품의 수많은 문장들을 이미지화하는 것에 대한 다양한 실험을 해 볼 수 있는 기회를 경험하게 되었다.

▲ 전시 표지

▲ 전시 이미지

◀ 전시 포스터

이 전시 오프닝때 책바세 대표와 처음 만났으며, 잠깐 동안의 대화였지만 건축과 인공지능의 접목에 관한 공통된 관심을 공유하게 되어, 그 인연으로 이렇게 AI와 건축에 관한 책까지 집필하게 되었다.

이 책은 인공지능(AI) 소프트웨어를 이용하여 건축 및 관련 분야의 형태적 스타일을 분류하고 직접 생성 및 응용해 봄으로써 이미지의 표현 가능성을 창의적으로 다양하게 확장하여 영감을 주는 것을 목표로 하며, 그 대상은 설계 초기 단계에서 창의적 형태의 디자인 아이디어를 창출해 보고자 하는 건축가와 관련 분야의 전공자뿐만 아니라 건축과 디자인에 관심 있는 일반인을 대상으로 하고 있다. 또한, 건축 비전공자들도 도서의 내용에 대한 이해도를 높이기 위해 건축 관련 기본 지식도 곳곳에서 다루고 있다.

책의 세부적인 구성은 건축 디자인의 전반적인 이해를 돕기 위해 건축과 관련된 분야 및 주제를 광범위하게 다루고 있다. 각 장에서는 건축도면의 종류, 건물의 용도, 건축 재료, 스타일을 다루고 있으며, 분류 및 설명을 위해 참고문헌은 물론, 챗GPT를 적극 활용하였고, 책에 수록된 모든 이미지는 미드저니에서 생성하였다. 작업 과정에 대한 이해를 위해 챗GPT의 내용과 미드저니의 프롬프트를 병기하였으며, 책의 분량을 고려하여, 이 책에서 다루고 있는 툴의 설치와 매뉴얼은 별도로 학습하길 바란다. 물론, 미드저니의 모든 사용법은 [책바세] 출판사의 배려로 시중에 판매되고 있는 책을 부록(무료 전자책)으로 제공하고 있으므로 자세한 사용법은 해당 부록 책을 참고하기 바란다.

여기서 다루는 AI 툴은 언어 기반 디자인(Language-based design)으로, 공통적으로 텍스트를 입력하여 결과물을 얻는 구조이며, 입력하는 텍스트의 구조가 상당히 중요하다. 그리고 텍스트의 구조는 얻고자 하는 결과물에 따라 수시로 바뀌어 적용되어야 한다. 건축물은 용도, 스타일, 분위기, 주변 환경 등의 다양한 요소를 가지고 있으며, 이들을 잘 이해하고 의도에 맞도록 프롬프트를 적절히 배치하는 것이 가장 중요하다.

더불어, 텍스트, 이미지, 오디오, 비디오 등 다양한 형식의 데이터가 AI를 이용하여 처리 및 가공되고 있다. 챗GPT의 Text-To-Text에서 시작하여, 미드저니의 Text-To-Image 그리고 소라의 Text-To-Video 방식에 이르기까지 짧은 시간에 엄청난 변화가 있었고, 이 책을 쓰는 동안에도 미드저니의 버전이 업데이트되면서 프롬프트의 규칙이 일부 변경되기도 하였다. 이 책이 일반 매뉴얼 성격의 도서와 다른 점은 사용 방법에 대한 기술적인 설명보다는 디자인의 스타일과 큰 틀에서의 사용 규칙을 제시하여, 어떤 형식의 AI 툴을 다루더라도 도움이 되도록 하는 데 중점을 두고 있다.

이 책은

이 책의 구성

01 미드저니의 가입부터 기본 사용법에 대해 알아본다.

02 다양한 종류의 기본 건축 도면을 생성하는 방법에 대해 알아본다.

03 국내의 건축법의 용도 분류 기준에 따른 용도별 건축물을 생성하는 방법에 대해 알아본다.

04 건축물의 입면을 구성하는 재료들의 특성과 적용된 건축물을 알아본다.

05 건축, 인테리어, 가구 디자이너, 조경 및 자연 형태의 각 특징에 맞는 스타일에 대해 알아본다.

06 풍경, 기후, 빛, 시점, 사진, 그림 모형 등의 다양한 시각적 효과와 매체를 응용해 본다.

07 스케치업의 베라스, 스테이블 디퓨전(디퓨전 비, 컴피 유아이), 챗GPT 활용법에 대해 알아본다.

특전: 이 책에 포함된 생성형 AI 책(PDF)

이 책에는 서점에서 판매되고 있는 [인공지능 그림 수업] 책(PDF: 240페이지)을 제공하여 미드저니를 완벽하게 사용할 수 있도록 제공하며, 생성형 AI를 통해 수익 창출을 할 수 있는 아이템을 소개한 [생성형 AI 유망 수익 창출 14가지] 책(PDF: 130페이지)을 제공한다. 부록 도서는 다음과 같은 방법으로 요청할 수 있다.

패키지 전자책 비밀번호 요청하기

본 도서에 포함된 전자책(대여 및 중고 거래 책은 불가)은 스마트폰 카메라를 이용해 QR 코드를 스캔한 후 "책바세 톡톡" 카카오톡 채널로 접속해 아래와 같이 요청하면 된다.

이름

직업

← 이름과 직업을 **지워지지 않는 펜 도구**로 쓴 후 촬영하여 QR 코드 스캔을 통해 접속한 **카카오 톡**에, 촬영한 **이미지**와 함께 요청한다.

학습자료 활용법

보다 효율적인 학습을 위해 [**책바세**.com] 웹사이트에 접속해서 해당 도서의 학습자료 파일을 다운로드 받아 활용해야 한다.

학습자료 받기

학습자료를 활용하기 위해 ❶**[책바세.com]** 웹사이트에 접속하여 ❷**[도서목록]** 메뉴에서 **[해당 도서]**를 찾은 다음 표지 이미지 하단의 ❸**[학습자료받기]** 버튼을 클릭한 다음, 열리는 구글 드라이브에서 ❹❺ **[다운로드]** ➡ **[무시하고 다운로드]**받아 학습에 사용하면 된다.

학습자료 폴더 살펴보기

다운로드받은 압축을 풀면, 그림과 같이 학습자료 폴더 안에는 본 책의 내용을 학습하기 위한 다양한 파일들이 포함되어 있어 누구나 쉽게 따라 할 수 있다.

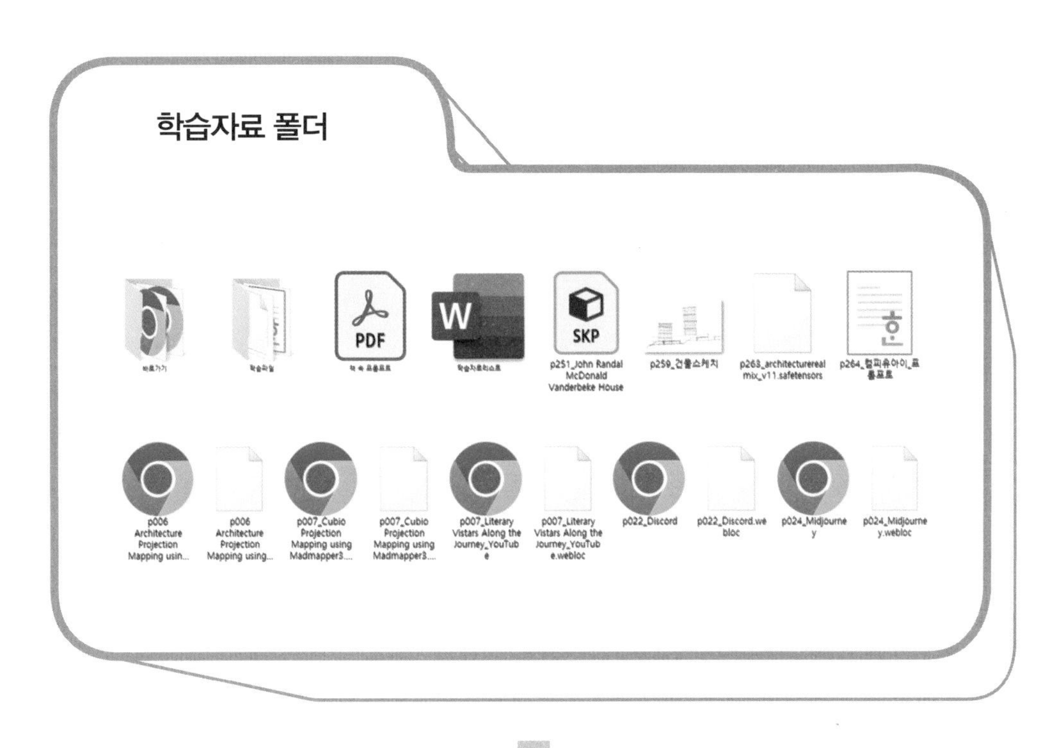

[학습자료리스트]는 책에서 사용된 전체 자료리스트이며, 학습파일(3개)과 바로가기(윈도우즈와 맥용 각90개)로 구성되어있다.

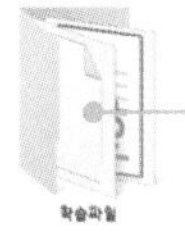

[학습파일]은 책에서 사용된 학습 파일들이 담겨있는 폴더이다.

[바로가기]는 책에서 사용된 웹사이트들을 쉽게 열어줄 수 있는 바로가기 파일과 각 스타일에 대한 세부 정보 링크들을 담고 있다.

[책 속 프롬프트]는 책에서 사용된 챗GPT, 미드저니, 컴피 유아이 등의 모든 프롬프트를 쉽게 복사해서 사용할 수 있도록 제작된 PDF 파일이다.

목차(Contents)

01

미드저니 들어가기

미드저니는 문자를 입력하면 인공지능(AI)이 입력된 문자를 이해하여 이미지를 생성하는 프로그램이다. AI의 학습은 상상할 수 없을 정도로 빨라지고 있다. 이러한 유형의 프로그램은 미드저니 외에도 달리(DALL-E), 스테이블 디퓨전 등 다양하다. 하지만 프롬프트를 입력하는 방식에서는 비슷한 공통의 규칙을 가지고 있어, 이 책에서는 가장 대중적이면서 쉬운 미드저니를 살펴봄으로써서 앞으로 동영상 생성을 포함하여 여러 인공지능 프로그램으로의 접근이 용이해질 것이다.

/prompt urban environments designed by AI in the distant future --v 5.2 --s 50

01-1 미드저니 개요

미드저니는 누구나 텍스트를 입력하면 손쉽게 원하는 이미지를 얻을 수 있다. 예를 들어, [house]라는 단어 하나만 입력해도 아래와 같은 4개의 이미지를 곧바로 생성해 낸다.

/prompt house --v 5.2 --s 50

재미있는 디자인이지만, 자신이 원했던 이미지는 아닐 수도 있다. 여기서 가장 중요한 것은 입력되는 텍스트(키워드)이다. 의도하는 집을 그리기 위해서는 더 구체적이고 정확한 텍스트를 사용하여야 한다. 예를 들면, 건물의 용도, 디자인스타일, 재료, 색상, 환경, 분위기, 조명 등을 추가할 필요가 있다. 여기서, 생성된 이미지는 건축 프로세스에서 최종 단계라기 보다는, 초기 기획 단계에서 개념을 설명하는데 유용할 것이며, 프롬프트에서 몇 가지 조건을 조합함으로써 짧은 시간내에 다양한 이미지의 제안이 가능할 것이다.

다음의 이미지들은 [스타일], [재료], [색상], [환경], [분위기], [조명], [용도], [매체] 등에 대한 키워드를 프롬프트에 입력하여 얻은 결과물들이다. 이것으로 프롬프트를 어떻게 작성하느에 따라 결과물이 어떠한 차이가 있는지 알 수 있을 것이다.

modern style house --v 6.0 --s 50 --style raw

glass house —v 6.0 —s 50 —style raw

popup color house --v 6.0 --style raw --s 50

house on the cliff, heavy raining, overlooking ocean --v 6.0 --style raw --s 50

futuristic house --v 6.0 --style raw --s 50

neon house --v 6.0 --s 50 --style raw

climbing_gym_climbers --v 6.0 --style raw --s 50

charcoal_sketch_skyscraper —v 6.0 —s 50 —style raw

01-2 미드저니 시작하기

미드저니를 사용하기 위해서 꼭 필요한 디스코드(Discord) 계정을 만드는 과정을 알아보고, 미드저니로 가서 간단히 집을 그려보기로 한다.

디스코드 계정 생성 및 미드저니 요금제 선택하기

1 먼저 구글에서 ❶디스코드를 검색한 후 검색된 ❷Discord를 클릭하여 디스코드 웹사이트(홈페이지)로 들어간다.

2 웹사이트가 열리면 웹브라우저에서 Doscord 열기 버튼을 누른다.

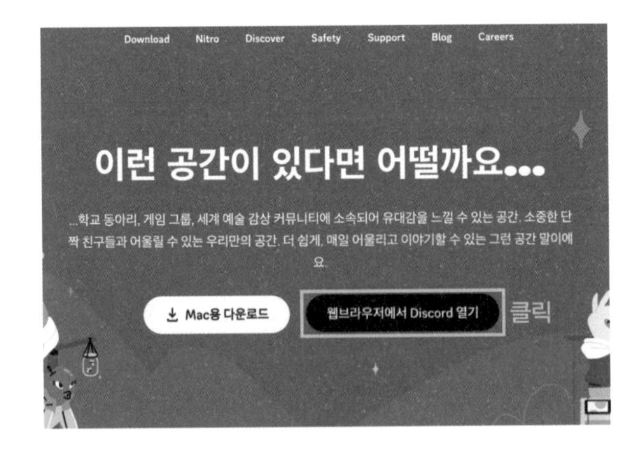

3 사용할 ❶이름을 입력한 후, ❷다음(→) 버튼을 누른다.

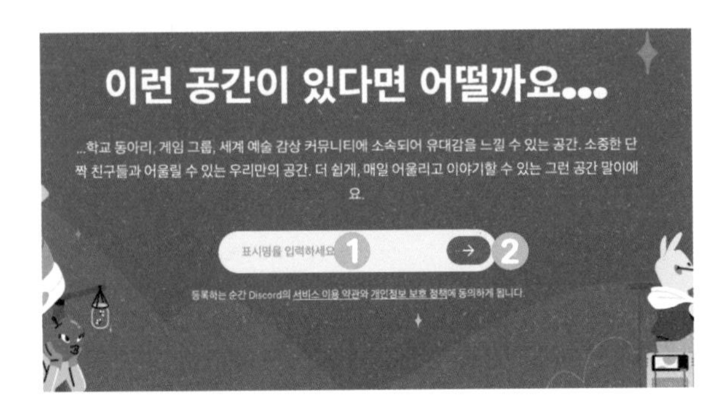

4 자신의 생년월일 ❶정보를 입력한 후, ❷다음 버튼을 누른다.

5 서버 만들기는 개인 사용자에게는 필요가 없으므로 창을 닫는다.

6 자신의 ❶이메일 주소와 사용할 ❷비밀번호를 입력한 후 ❸계정 등록하기 버튼을 누른다.

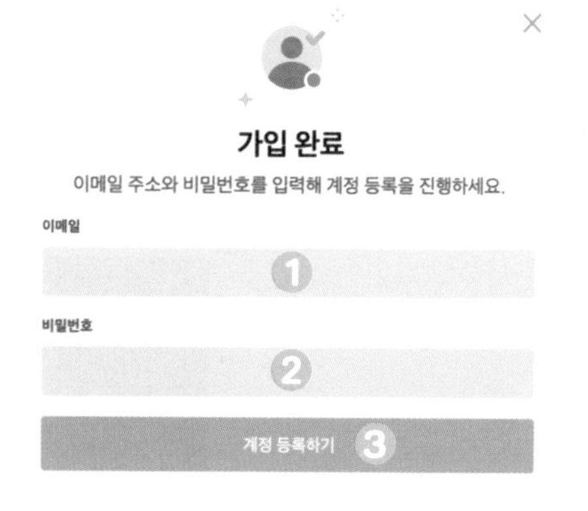

7 계정 등록을 완료했다면, 등록한 메일로 계정 등록 인증을 위한 메일이 왔을 것이다. 해당 메일 계정 브라우저로 들어가 ❶받은 메일함을 확인하고 ❷인증 버튼을 누르면 디스코드 계정 생성이 완료된다.

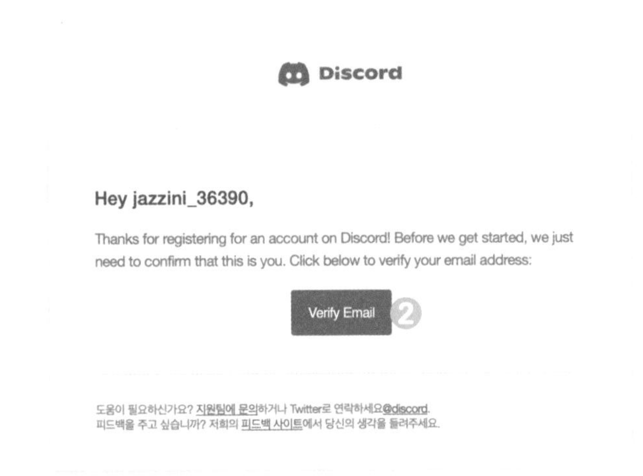

8 이제 다시 미드저니 웹사이트로 가서 Join the Beta 버튼을 누른다.

9 디스코드에서 사용할 ❶이름을 입력하고 ❷Continue 버튼을 누른다.

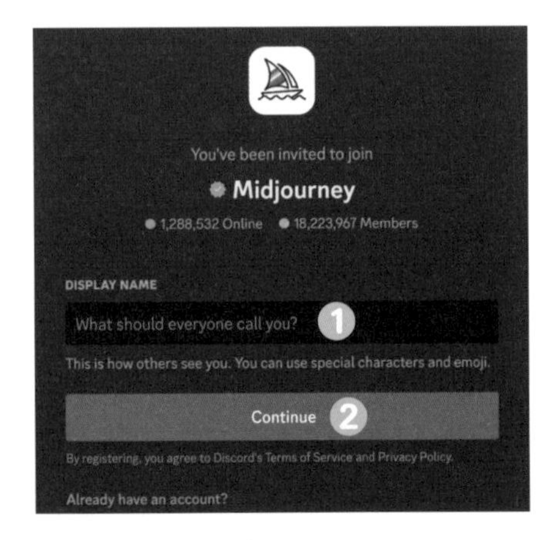

10 미드저니를 사용하기 위해서는 구독을 해야 한다. 왼쪽의 NEWCOMER ROOMS 중 하나의 ❶채팅룸을 선택하고, 구독을 위해 하단의 채팅 입력 필드, 즉 프롬프트에 ❷/subscribe를 입력하고 ❸엔터 키를 누른다

11 프롬프트 위쪽에 다음과 같은 안내가 뜨면 Manage Account 버튼을 누른다.

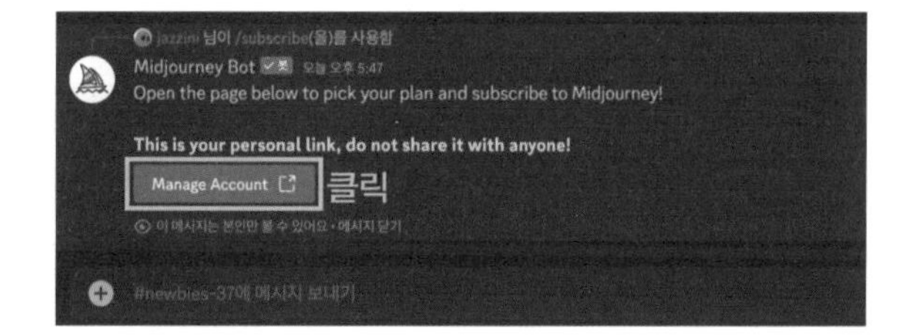

12 유료 요금제 선택 창이 열리면 자신이 원하는 요금제를 선택하면 된다. 참고로 필자는 사용량이 많지 않기 때문에 기본 요금제(Basic Plan)을 선택하였다.

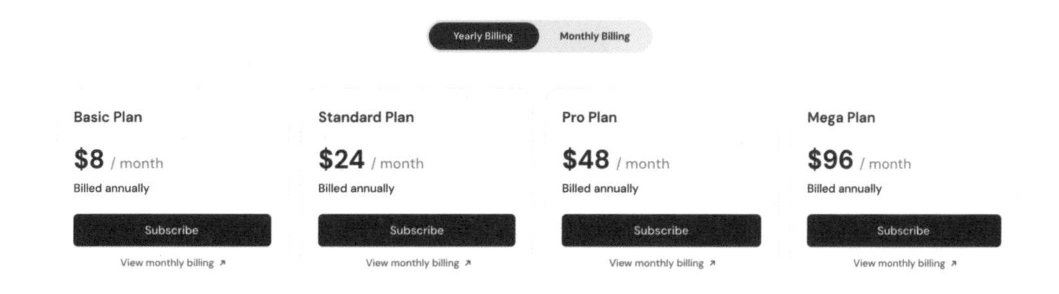

미드저니에서 이미지 생성하기

1 디스코드로 다시 와서 간단한 집을 그려보자. 채팅창에 [/] 키를 누른 후 나타나는 명령어 목록에서 [Imagine]을 선택하거나 [/] – [Imagine] – [스페이스바]를 누르면 다음의 화면과 같이 /imagine prompt 가 나타난다.

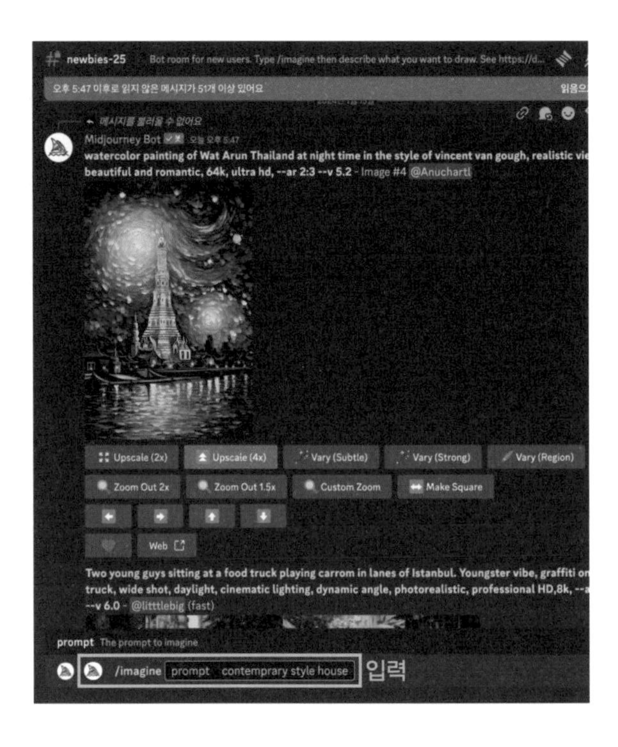

이것으로 그림 생성을 위한 준비는 끝났다. 그리고 싶은 것은 무엇이든 입력을 해본다. 각각의 구문은 콤마(')로 구분하며, 다음과 같은 ❶문장(영문)을 입력한 후 ❷[엔터] 키를 누른다.

/prompt minimal, contemporary style house, at night, snowing

2 결과는 다음과 같다. 이와 같은 방법으로 다양한 이미지를 생성해 보고, 몇몇 기능들에 대해서도 사용해 본다.

01-3 프롬프트

프롬프트는 미드저니가 그림을 그릴 수 있도록 우리가 입력하는 짧은 문장 구문을 뜻한다. 미드저니를 포함하여 언어기반 디자인(Language-based design)에서는 프롬프트가 가장 중요하며 잘 짜여진 프롬프트는 독특하고 흥미로운 이미지를 만들어낸다. 그러한 프롬프트를 만들기 위해 아래의 몇 가지 유의해야 할 사항이 있다.

문장은 간결하게

건축물에 대한 설명을 긴 문장으로 나열하는 것보다는 구단위로 텍스트를 간결하게 입력하는 것이 수정도 간편하고 원하는 결과를 좀 더 정확하게 만드는데 도움이 된다.

/prompt This house was designed by Miss van der Rohe. It consists of glass, mirrors, and grid columns. The atmosphere of the house is a clear feeling of lighting and modern style. This building photo was taken by Ezra Stoller in color --v 6.0 --style raw --s 50

/prompt Ludwig Mies van der Rohe, glass and mirrors, house with grid pillars, light and modern and transcendent, color photography by Ezra Stoller --v 6.0 --style raw --s 50

표현은 정확하게

영어로 입력 시 번역기를 사용할 경우, 미드저니에게 정확한 의미 전달이 안되는 경우가 있어, 번역 결과물을 꼼꼼히 살펴보고, 때로는 좀 더 명확한 의미의 단어로 바꾸거나 강조를 위하여 단어의 순서를 재배치해야 한다. 텍스트에 미세한 변화를 주어도 전혀 다른 이미지를 만들어 내는 것을 잊지 말기 바란다.

시도는 다양하게

마지막으로 적절한 텍스트를 완성하기 위해서는 다양한 시도를 하여야 하며 그에 따른 당연한 시간 투자가 필요하다. 다양한 시도를 거듭하면 할수록 더 좋은 결과가 나온다는 것에 유념해야 한다.

프롬프트 구조

프롬프트 [도면종류] [건축물의 용도] [환경] [스타일] [파라미터]

도면종류	용도	환경	스타일	파라미터
평면도 입면도 단면도 투시도	단독주택 공동주택 업무시설 레스토랑 리조트 커피숍	자연 도시 계절 날씨	양식 건축가 예술가 기하형태 자연형태 분위기 효과	--ar --c --s --no --q --iw

/prompt 2d architectural floor plan, a villa, on the beach, modern style --ar 4:3 --v 6.0 --style raw --s 50

프롬프트 배열

프롬프트안에서 각 구문이나 단어의 배열순서는 강조하고 싶은 단어를 앞으로 배치하도록 한다. 미드저니의 예전 버전에서는 텍스트가 뒤에 배치되는 경우 이미지에 적용이 되지 아예 않는 경우도 더러 있었으나 지금은 텍스트가 길어져도 정도의 차이는 있지만 골고루 반영이 되는 편이다. 프롬프트에서 자동차를 앞에 배치하였을 때 그림을 보면 차가 앞에 배치되고 집은 배경이 되었다. 반대로 프롬프트의 순서를 바꿔 자동차를 뒤에 배치하였을 때는 차는 집안에 배치되어 집의 일부가 되었다. 단, 파라미터는 무조건 맨 뒤에 배치되어야 한다.

/prompt a car, on the beach, raining, modern style, house --s 50 --v 6.0 --style raw

/prompt modern style, house, on the beach, raining, a car --s 50 --v 6.0 --style raw

파라미터

파라미터(Parameters)는 프롬프트의 맨 뒤에 위치하는 옵션으로 이미지의 다양한 생성방법을 설정한다. 이미지의 종횡비, 스타일의 적용 강도, 미드저니 버전을 설정는 등의 다양한 작업을 수행한다. 그 중 본서에서 주로 다루는 파라미터를 중심으로 살펴보도록 한다.

종횡비 (Aspect Ratio)

프롬프트 --ar X:Y

기본값 1:1

살펴본 것처럼 화면의 가로 대 세로의 비율로써 최종 결과물을 고려하여 작업 전에 미리 셋팅을 하는 것이 유리하다. 다음의 이미지들은 각기 다른 비율을 통해 생성된 결과물이다.

/prompt front elevation view, effel tower, on the moon --ar 1:1 --s 250 --v 6.0 --style raw

/prompt front elevation view, effel tower, on the moon --ar 4:3 --s 250 --v 6.0 --style raw

/prompt front elevation view, effel tower, on the moon --ar 3:2 --s 250 --v 6.0 --style raw

/prompt front elevation view, effel tower, on the moon --ar 9:16 --s 250 --v 6.0 --style raw

/prompt front elevation view, effel tower, on the moon --ar 16:9 --s 250 --v 6.0 --style raw

다양성 (Chaos)

프롬프트 --chaos

기본값 0

범위 0~100

카오스(Chaos)값이 높을수록 4개의 이미지가 서로 다르게 생성되며, 낮은 값일수록 비슷한 분위기의 4개 이미지가 생성된다.

/prompt front elevation view, effel tower --chaos 0 --s 50 --v 6.0 --style raw

/prompt front elevation view, effel tower --chaos 100 --s 50 --v 6.0 --style raw

텍스트 출력

미드저니가 2023년 12월말에 V6을 출시하면서 가장 두드러진 기능 중 하나가 짧은 텍스트의 출력이 가능해진 부분이다. 아직 완벽하진 않지만, 꼭 필요한 요소임에 틀림없다.

사용 규칙

1. 텍스트의 앞뒤로 쌍따옴표(")를 사용한다. 예) "GLASS HOUSES"
2. 파라미터에 --style law를 넣거나 settings에서 RAW Mode를 적용한다.

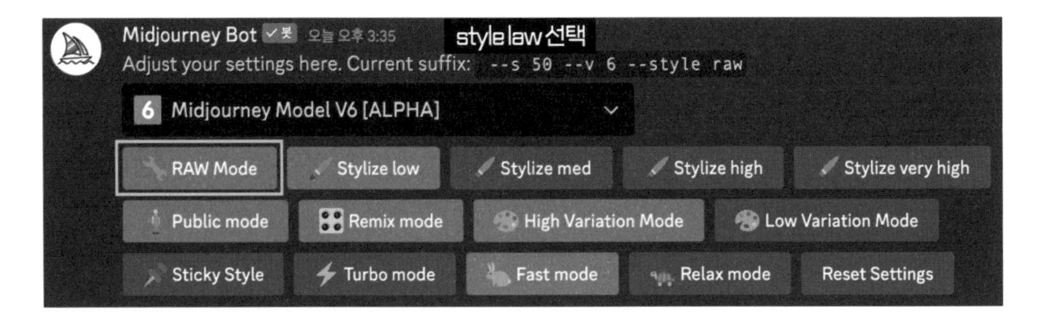

/prompt bookcover design, book title written in modern style font "GLASS HOUSES", contemporary style glasshouse in the background

설정

프롬프트에서 /settings를 입력하고 엔터를 누르면 아래와 같이 보일 것이다. 여기에서 주요 버튼들의 기능에 대하여 알아보도록 한다.

❶ **미드저니의 버전 선택** 버전의 숫자가 높을수록 최신 버전이며, 이미지의 퀄리티가 높아진다. Niji Model은 만화, 일러스트, 애니메이션 스타일을 생성하는 모델이다.

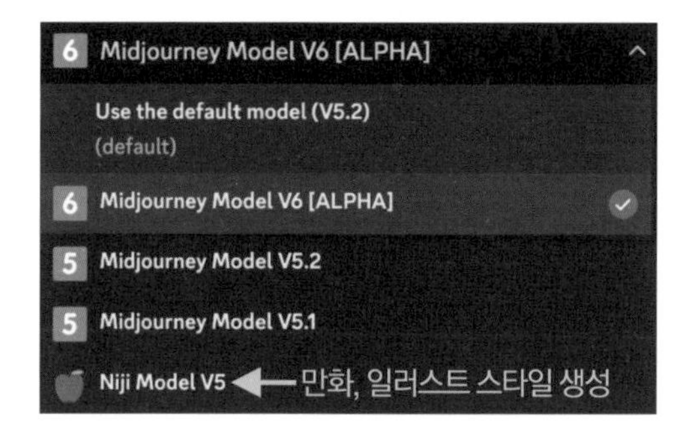

/prompt mediterranean style street overlooking the ocean --niji 5 --s 50

❷ **RAW Mode** 로우 모드를 사용하면 더욱 자연스럽고 사실적인 이미지가 생성된다.

/prompt front view, old car --v 6.0 --s 50 --style raw

/prompt front view, old car --v 6.0 --s 50

③ **Stylize low / med / high / very high** 스타일라이즈의 값이 낮으면 프롬프트에 충실하고 덜 예술적이며, 값이 높으면 프로프트의 연결성은 떨어지지만, 예술적인 이미지를 생성할 수 있다. 건축이나 인테리어에서는 현재의 사실적인 이미지의 생성을 위해서는 stylize low로 설정하는 것이 유리하고, 미래의 주거 형태에 대한 영감이 필요하다면, 값을 높이는 것이 조금은 비현실적이지만 창의적인 결과를 얻을 수 있다.

stylize low --s 50

stylize med --s 100, 기본값

stylize high --s 250

stylize very high --s 750

Stylize low 사용 예시

/prompt sunrise, foggy, sunlight streaming, minimal, contemporary style, living room --s 50 --v 6.0

Stylize very high 사용 예시

/prompt sunrise, foggy, sunlight streaming, simple, contemporary style, living room --s 750 --v 6.0

④ **Public / Stealth mode** 생성하는 이미지를 공개할 지 여부를 선택하는 기능이다. 유료 플랜인 프로 사용자만 이용할 수 있다.

⑤ **High/Low Variation Mode** 이미지 생성 후 V1, V2, V3, V4를 눌렀을 때 변화를 주는 정도를 선택한다. 다양한 변화를 보기위해서는 High Variation Mode가 유리하다. 다음의 그림처럼 Low Variation Mode는 4개의 이미지가 서로 비슷하지만, High Variation Mode는 4개의 이미지가 서로 많이 다르게 표현된다.

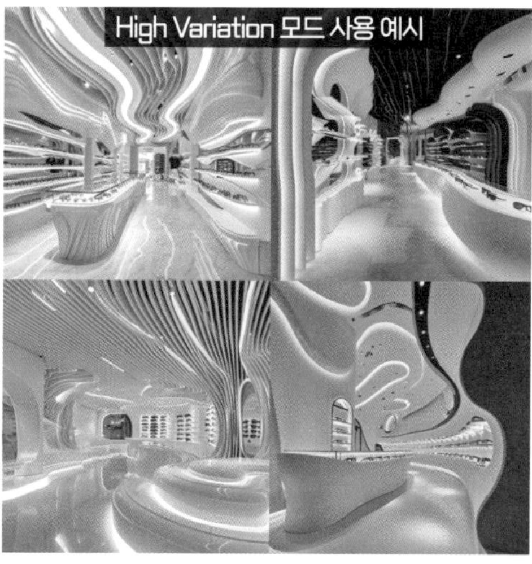

/prompt parametric style, interior design of 100% goggles flagship store --s 50 --v 6.0 --style raw

/prompt sunrise, foggy, sunlight streaming, simple, contemporary style, living room --s 750 --v 6.0

⑥ **Remix mode** 이미지에 변화를 주기 위하여 V1, V2, V3, V4 중 하나를 눌렀을 때, Remix Prompt 창이 뜨게 되며, 작성했던 프롬프트를 변경할 수 있다. 단계적인 수정을 해야 할 때 필요하다.

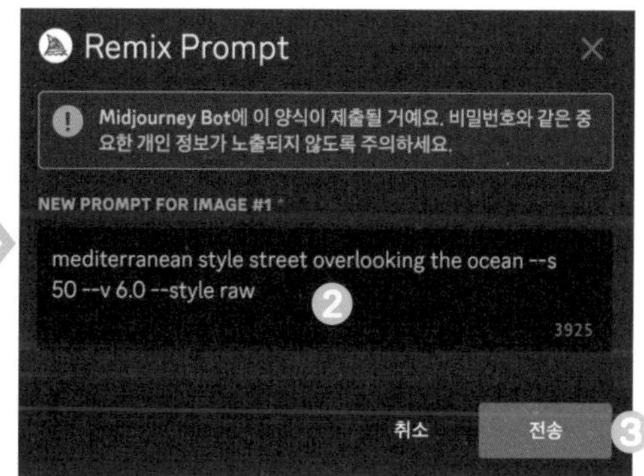

⑦ **Turbo / Fast / Relax mode** 이미지의 생성 속도를 결정하며, 빠를수록 좋지만 가입한 플랜에 따라 속도 제한이 있다.

02

건축 도면

도면은 건물을 계획하고 설계하는 과정에서 다양한 관계자들 간의 협력과 의사소통을 위해 필수적이다. 도면의 종류는 다양하며 각각의 목적을 가지고 그려진다. 미드저니에서 도면 계획을 하거나 그리는 것은 어렵고, 여러 유형의 도면에서 간단히 분위기를 내는 정도의 수준이다. 이 장에서는 도면의 종류를 알아보고 건축물의 용도, 스타일, 분위기 등을 정의해서 간단하게 도면을 만들어 보도록 한다.

/prompt holographic displays architectural buildings planning --s 750 --v 6.0

02-1 건축 도면의 종류

건축물을 표현하기 위한 수단은 2차원의 도면을 기본으로 시작해서 기술의 발전에 따른 가상현실(VR), 증강현실(AR), 홀로그램, 3D프린팅의 도입 등 다양한 시도가 이루어 지고 있다. 미드저니는 그림을 그릴 때 입체적으로 표현하려는 경향이 있으므로 [2d] 또는 [architectural] 등의 프롬프트를 넣어 2차원으로 그리도록 유도할 필요가 있다.

평면도 (Floor Plan)

평면도는 가장 기본이 되는 도면이다. 해당 층의 1.2m정도의 높이에서 수평으로 건축물을 절단하여 내려다 본 모습을 그린 도면으로 건축물 내부의 평면적 사항을 보여준다. 평면도에서는 평면의 모습, 각 실의 크기와 형태, 기능, 마감재, 가구의 배치 등을 보여준다.

/prompt 2d architectural floor plan, circular shape, natural color, simple style room, open central courtyard --s 750 --v 6.0

입면도 (Elevation)

입면도는 건축물의 외관을 네 방향에서 그린 도면으로, 건축물 외부의 형태 및 마감 재료 등까지 알 수 있도록 그린 도면이다. 입면도의 종류로는 정면도, 좌측면도, 우측면도, 배면도가 있다.

/prompt a front view of high-rise building, 2d architectural elevation, mechanical pencil drawing --s 750 --v 6.0

단면도 (Section)

단면도는 건축물을 수직면으로 잘라서 건축물의 내부를 보여주는 도면으로, 건축물의 수직적 형태와 구조 및 수직 동선 체계를 나타낸다. 단면도의 종류로는 종단면도와 횡단면도가 기본이며 각종 단면 상세도를 추가로 그린다.

프롬프트 키워드 [2d sectional drawing]

/prompt 2d sectional drawing, elementary school building, modern style --s 50 --v 6.0 --style raw

배치도(Site plan)

배치도는 건축물이 대지 위에 어떻게 놓여 있는지를 보여주는 도면으로, 건축물을 대지 위에 그린 뒤에 관련 내용 전체를 건축물과 함께 투영하여 그린 도면이다. 배치도에 표현되는 내용은 물리적 환경과 자연적 환경, 그리고 법적 제약사항 등으로 나눌 수 있다.

/prompt site plan, resort, on the artificial island, yachts, swimming people --s 50 --v 6.0 --style raw

투시도(Perspective)

물체와 눈 사이에 투명한 화면을 놓고 여기에 나타나는 상을 그린 도면으로, 공간이나 사물을 원근법에 의하여 표현하며, 르네상스시대에 개발되었다. 직접 물체를 바라보는 것 같이 입체적으로 작성한다.

/prompt exterior view, perspective drawing, drawn with color pencil, gothic cathedral --s 50 --v 6.0 --style raw

아이소매트릭(Isometric)

각이 서로 120도를 이루는 3개의 축을 기본으로 하여, 이들 기본 축에 물체의 높이, 너비, 안쪽 길이를 옮겨서 나타내는 투상법이다. 이 투상법의 핵심은 모든 세 축이 서로 각도가 같고, 동일한 축척으로 그려진다는 점이다.

/prompt isometric rendering, minimal style furnitures, gothic cathedral-renovated house, stained glass window, dark marble floor, golden hour --s 50 --v 6.0 --style raw

컷어웨이(Cutaway)

기술적 그림이나 일러스트레이션에서 사용되는 방법으로, 외부 구조의 일부를 제거해 내부 구조나 메커니즘을 명확히 보여주기 위해 설계된다. 이 기법은 복잡한 기계, 건축물, 혹은 생물학적 구조물의 내부 작동 원리나 구성을 시각적으로 이해할 수 있도록 돕는다.

/prompt photo-realistic, cutaway, contemporary style, house --s 50 --v 6.0 --style raw

03

건축물 용도

건축법에서는 건축물의 용도를 유사한 구조, 이용 목적 및 형태별로 묶어 건축물의 종류를 분류한 것이라고 정의하고 있으며, 건축법 시행령 별표1에서 총 29가지로 규정하며, 각 용도에 속하는 세부용도로 분류하고 있다. 이번 장에서는 가장 많은 비중을 차지하는 주택의 다양한 유형에서 시작하여 다양한 용도를 선정하여 이미지를 생성해 보도록 한다.

/prompt logo design, various types of buildings by use in the distant future --v 6.0 --s 50

03-1 단독주택

단독주택은 단일 건축 구조 내에서 오직 하나의 가구만이 거주하는 주택 유형을 지칭하며, 주거 공간과 부지를 독립적으로 사용한다. 이 주택 형태는 거주자에게 개인적인 공간과 독립성을 제공하며, 설계와 사용 면에서 타 주택 유형에 비해 유연성이 높다.

특징

독립성 단독주택은 건축물과 토지를 포함해 완전히 독립된 공간을 제공한다. 이는 주거 공간의 프라이버시와 독립성을 보장한다.

설계 유연성 건축주는 건축가와 협력하여 자신의 필요와 취향에 맞는 독특한 설계를 할 수 있으며, 내외부 디자인, 공간 구성, 재료 선택에 있어 자유롭다.

확장성과 개조 용이성 가족 구성원의 변화나 추가적인 공간 요구에 따라 증축이나 개조가 용이하다. 이는 장기적으로 거주할 계획이 있는 가구에게 큰 장점이 될 수 있다.

개인 정원이나 마당 대부분의 단독주택에는 개인 정원이나 마당이 포함되어 있어, 가족 활동, 정원 가꾸기, 야외 휴식 공간 등 다양한 용도로 활용할 수 있다.

단점

유지 관리 비용 독립적인 건물과 부지 사용은 유지 관리에 대한 책임과 비용을 증가시킨다. 이는 장기적으로 볼 때 고려해야 할 중요한 요소이다.

건설 및 구입 비용 단독주택의 건설 또는 구입 비용은 다른 주거 형태에 비해 높을 수 있으며, 부지 비용도 포함되어야 한다.

안전 및 보안 단독주택은 아파트나 타운하우스와 같이 공동으로 보안을 관리하는 구조가 아니기 때문에, 개별적으로 보안 시스템을 갖추고 관리해야 한다.

건축법 시행령 별표1

단독주택. 공동주택, 제1종 근린생활시설, 제2종 근린생활시설, 문화 및 집회시설, 종교시설, 판매시설, 운수시설, 의료시설, 교육연구시설, 노유자시설, 수련시설, 운동시설, 업무시설, 숙박시설, 위락시설, 공장, 창고시설, 위험물 저장 및 처리 시설, 자동차 관련 시설, 동물 및 식물 관련 시설, 자원순환 관련 시설, 교정시설, 방송통신시설, 발전시설, 묘지 관련 시설, 관광 휴게시설, 장례시설, 야영장 시설

주택(House)

단독주택의 기본 프롬프트는 house로 미드저니에서는 일반적으로 현대적인 스타일이의 2층 주택으로 그려진다. 단순한 표현을 위해 minimalistic의 스타일을 추가하고, 건축물이 위치할 장소를 입력한다.

/prompt minimalistic style, delicated, house, on the hillside --s 50 --v 6.0 --style raw

저택(Villa)

Villa라는 용어는 고대 로마 상류층의 교외의 저택에서 시작하여 현재는 교외의 럭셔리한 별장을 의미하는 말로 사용되며, 국내에서는 빌라가 연립주택이나 다세대 주택의 의미로 통용되고 있다.

/prompt contemporary style, luxury villa, on the beach --s 250 --v 6.0 --style raw

단층집(Ranch)

Ranch house는 목장 스타일의 집으로서 폭은 넓지 않지만 길이가 긴 형태의 단층집을 의미한다. 미드저니에서는 고전적인 목장 형태가 기본이므로 contemporary style을 추가한다.

프롬프트 키워드 [ranch]

/prompt contemporary style, ranch house, on the plane --s 50 --v 6.0 --style raw

소형 주택(Tiny house)

Tiny house 또는 micro house는 작은 단층의 건물로서 규모가 작고 쉽게 이동이 가능한 구조의 주택이며, 생활 공간의 축소와 단순화를 추구하는 사회적 운동이기도 하다.

프롬프트 키워드 [tiny house] [micro house]

/prompt minimalistic style, tiny house, hanging from a cliff, ladder, a yacht on the sea --s 50 --v 6.0 --style raw

오두막집(Cabin)

Cabin은 산 속에 통나무로 지어진 오래된 스타일의 작은 집을 형상화하며, 여기에 minimalistic style을 적용하여 현대적 스타일로 구현한다.

/prompt minimalistic style, cabin, on the hillside, snowing --s 50 --v 6.0 --style raw

이동식 주택(Mobile home)

Mobile home은 공장에서 조립식 구조물로 제작되며 차량에 의해 견인되는 바퀴가 달린 형태의 주택으로서 휴가나 임시 숙소 등의 용도로 사용한다.

/prompt minimalistic style mobile home, on the desert --s 250 --v 6.0 --style raw

복토 주택(Earth-sheltered house)

복토 주택은 열손실을 줄이고 실내 기온을 일정하게 유지하기 위해 건축물의 외부를 흙으로 쌓는 방식의 주택으로 방수, 결로, 채광, 공기질에 대한 고려가 필요하다.

프롬프트 키워드 [earth-sheltered house]

/prompt minimalistic style, earth-sheltered home, on the grass --s 750 --v 6.0 --style raw

나무 위의 집(Treehouse)

열대 우림 지역에서 외부 환경으로부터 보호를 위하여 시작된 주거 형태로 휴양, 작업, 거주, 관측 등 다양한 목적으로 사용된다.

프롬프트 키워드 [treehouse] [tree fort] [treeshed]

/prompt minimalistic style, triangle-shaped, tiny treehouse, rainy, foggy, in the forest --s 50 --v 6.0 --style raw

개조 주택(Converted house)

창고, 공장, 교회, 차고, 역사, 요새, 파출소, 소방서, 사일로 등 다양한 용도의 건축물을 주택으로 개조함으로써, 기존 주택과는 전혀 다른 고유의 독특한 공간 형태를 가진 주택이 된다.

/prompt minimalistic style, converted house, in the factory --s 50 --v 6.0 --style raw

우주 주거(Space station)

미드저니를 이용하여 미래의 주거 형태에 대한 상상을 시도해 볼 수 있다. 스타트렉이라는 SF 영화의 스타일을 적용하고 Stylize의 값을 높여 좀 더 창의적인 이미지를 얻을 수 있다.

/prompt house in a space station, in the style of startrek --s 1000 --v 6.0

해양 주거(Undersea house)

해양 주거는 우주 주거와 마찬가지로 futuristic style의 해양 주거 형태에 stylize값을 적절히 바꿔가며 시도하여 창의적인 이미지를 얻을 수 있다.

프롬프트 키워드 [sea] [undersea house]

/prompt futuristic style, interior design of home at the bottom of the sea --s 250 --v 6.0

3D 프린팅 주택(3D-printed home)

3D 프린팅 기술을 이용하여 현장에서 벽체 등을 직접 프린팅하는 방식으로, 인건비와 재료비를 절약하고 공사 기간을 단축할 수 있어, 주거 문제 해소를 위한 사회주택의 형태로도 시도되고 있다.

프롬프트 키워드 [3d-printed home]

/prompt futuristic style, 3D-Printed Home, delicated details --s 50 --v 6.0

지하 주택(Underground bunker house)

자연 동굴이나 인공 동굴 등의 지표면 아래에서 생활하는 형태로, 악천후의 극한 환경에 대비하고 조용한 생활 공간과 보안을 유지하며 일정한 실내 온도의 유지가 가능한 장점이 있다.

/prompt luxury, modern style, underground bunker house for life saving, LDK type --s 50 --v 6.0 --style raw

팝업 주택(Popup Home)

임시적이거나 이동이 용이한 구조로 설계된 주택으로, 급격한 인구 이동이나 재난 대응용으로 사용될 수 있다.

/prompt popup homes, style of avatar directed by james cameron --s 750 --v 6.0

전원주택(Country house)

전원주택은 최근 가장 관심이 증가되고 있는 주택이며, 도시 주택보다 외부 공간의 구성에 더 신경을 쓰게 되며 잔디와 흙, 기단, 텃밭, 조경, 자갈과 조경석, 정자, 연못, 수영장, 옥외 조명 등 다양한 구성 요소를 적용하여 풍부한 외부 공간을 만들 수 있다.

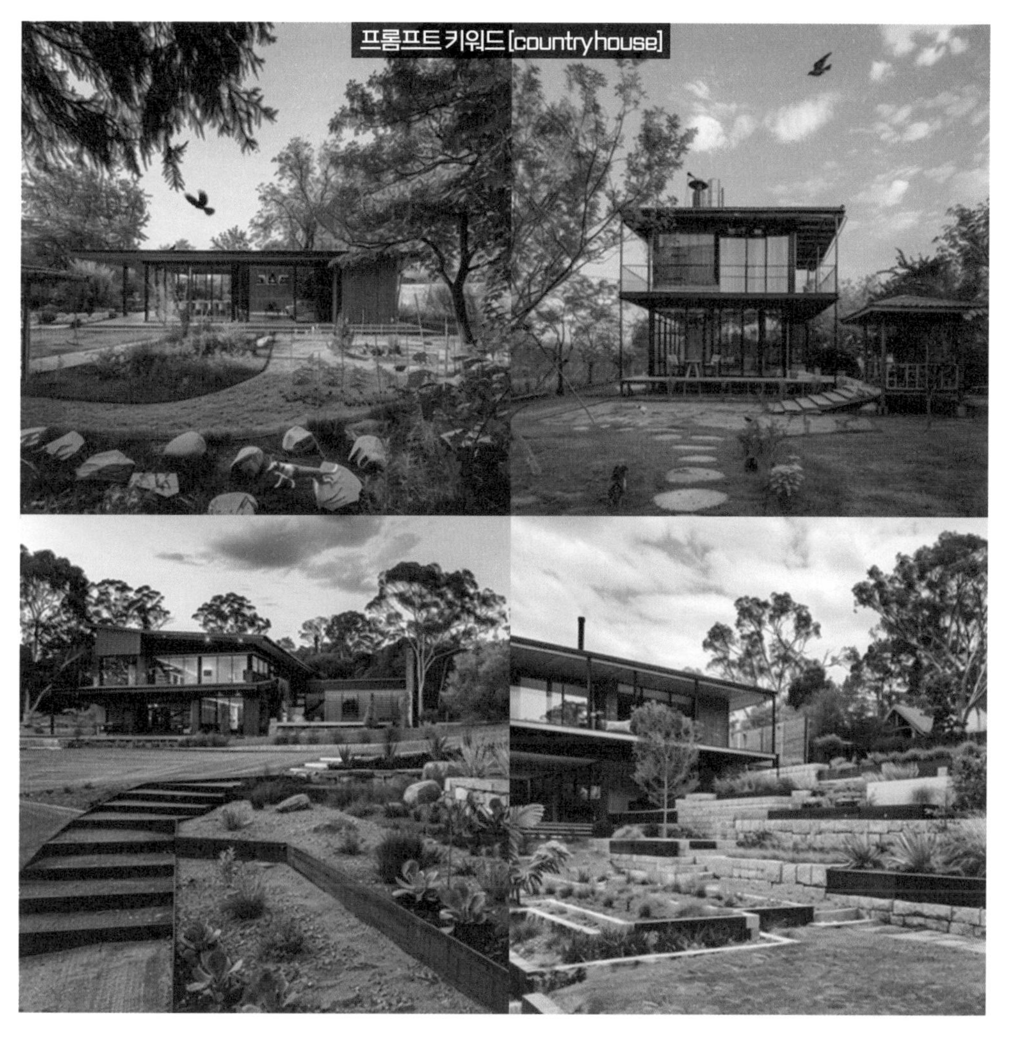

/prompt modern country house, multi-tiered dirt ground and lawn, landscaping stones, vegetable garden, surrounded by trees, a small gazebo, running jindo dogs and flying sparrow --s 50 --style raw

공동주택(Multi-family housing)

주택법을 보면, 공동주택은 건축물의 벽, 복도, 계단이나 그 밖의 설비 등의 전부 또는 일부를 공동으로 사용하는 각 세대가 하나의 건축물 안에서 각각 독립된 주거 생활을 할 수 있는 구조로 된 주택이라고 정의한다.

타운하우스(Townhouse)

/prompt minimalistic, urban contemporary style, townhouses --s 250 --v 6.0

아파트(Apartment building)

/prompt egg-shaped, minimalistic style, apartment building --s 750 --v 6.0

고층 아파트 (Skyscraper/high-rise apartment building)

/prompt urban contemporary style, partly eco-friendly, skyscraper apartment building --s 750 --v 6.0

업무시설 (Business facility)

업무시설에는 공공업무시설과 일반업무시설이 있으며, 근린생활시설의 사무소보다는 큰 규모의 시설로서 금융업소, 사무소, 출판사, 신문사, 오피스텔 기타 이와 비슷한 용도의 건물을 업무시설이라 한다.

/prompt urban street view, sustainable design, hi-rise office building --s 1000 --v 6.0

근린생활시설 (Neighborhood living facility)

근린의 뜻은 가까운 이웃이라는 뜻으로, 우리 주변에서 흔히 볼 수 있는, 특히 주거지역과 인접하여 우리 일상생활에 편리함을 제공하는 시설들이다. 근생은 종류가 많아 우리 생활과 밀접한 정도와 그 규모, 제공 서비스 유형 등을 감안해 1종과 2종으로 구분하고 있다.

음식점 (Restaurant)

/prompt parametric style, interior design of coffee shop --s 250 --v 6.0

소매점 (Retail store)

/prompt sphere-shaped, bubble transparent, flagship store of apple --s 250 --v 6.0

숙박시설(Lodging facility)

숙박시설은 일반적으로 여관, 모텔, 호텔과 같은 수면, 휴식 등을 위한 숙소를 의미하며 법적 분류로는 일반숙박시설, 취사시설의 설치가 가능한 생활숙박시설, 호텔 및 콘도미니엄과 같은 관광숙박시설 등이 있다.

리조트(Resort)

/prompt photo, naturalistic, contemporary style, lakeside luxury resort, people, the hymalayas in the background --s 50 --v 6.0

풀빌라(Pool villa)

/prompt sustainable style, several private pool villas, along the mountain, overlooking ocean, backlight --s 50 --v 6.0

호텔 (Hotel)

/prompt combination of exposed concrete and red brick, high-rise hotel --s 50 --v 6.0

판매시설 (Sales facility)

판매시설은 근린생활시설의 소매점보다는 큰 규모의 시설로써, 법적분류로는 도매시장, 소매시장, 상점 등이 있다.

/prompt contemporary style, complex shopping center inspired of shigeru ban, along the river waterfront --s 50 --v 6.0

운동시설(Sport facility)

체육관, 운동장과 그에 부속되는 건축물을 포함하며, 법적분류로는 근린생활시설에 속하는 소규모의 탁구장, 체육도장, 테니스장, 당구장, 에어로빅장, 골프연습장 등 보다 큰 규모의 시설을 가리킨다.

스타디움(Stadium)

/prompt intricated details, inspired of regular pattern of spiral seashell, futuristic style, world cup stadium, on the desert --s 50 --v 6.0

수영장(Swimming pool)

/prompt art nouveau style, luxury swimming pool --s 50 --v 6.0

피트니스 센터 (Fitness center)

/prompt industrial style, fitness center --s 50 --v 6.0

스포츠 훈련장 (Sport taining facility)

/prompt big transparent air dome, sport training facilities in the forest --s 50 --v 6.0

문화 및 집회시설 (Cultural and assembly facility)

문화 및 집회시설은 일반적으로 박물관, 미술관, 음악당 등 대규모의 인원이 모이는 시설로써, 법적분류로는 근린생활시설보다는 큰 규모의 공연장, 집회장, 관람장, 전시장, 동식물원 등이 있다.

박물관 (Museum)

/prompt contemporary style, museum inspired of richard meier, on the lake --s 250 --v 6.0

오페라하우스 (Opera house)

/prompt grotesque style, slender structure, intricate details, interior design of opera house, inspired of santiago calatrava --s 50 --v 6.0

04

건축 외장재

건축재료는 건축물을 구성하는 데 필요한 모든 재료를 의미하며, 그 중에서 이번 장에서는 건축물의 외관에 사용되는 건축외장재에 한정하여 살펴보도록 한다. 건축외장재는 실용적이면서 심미적인 목적을 동시에 충족하여야 하며, 환경에 대한 고려도 필요하다. 재료의 선택은 기후, 예산, 스타일, 선호도, 유지보수 등의 요소를 고려하여 선택한다.

/prompt various architectural materials list --v 6.0 --s 50

04-1 콘크리트(Concrete)

콘크리트는 현대건축물의 구조용 재료로써, 가장 중요하고 보편적이고, 철근과 함께 건축재료로 가장 많이 사용되며, 골재, 시멘트, 모래, 물과 기타 혼화재를 혼합하여 만든다. 특징은 원하는 형태를 만들기가 쉬우며, 압축강도가 큰 반면에 자중이 크고, 건조수축으로 인하여 균열이 생기기 쉽다.

/prompt close-up view, simple details, exposed concrete building --s 50 --v 6.0 --style raw

/prompt modern style, exposed concrete building --s 50 --v 6.0 --style raw

/prompt brutal style, exterior view, exposed concrete office --s 50 --v 6.0 --style raw

/prompt minimalistic style, interior view, exposed concrete house --s 50 --v 6.0 --style raw

04-2 벽돌 (Brick)

벽돌 제조의 기원은 고대건축으로 거슬러 올라가며 로마시대에 벽돌구조법이 발달하였다. 재료에 따라 점토벽돌(Clay brick)과 시멘트 벽돌(Cement brick)로 구분하며, 점토벽돌은 가장 많이 사용하는 붉은 벽돌과 검정 벽돌이 있다. 특징은 압축강도가 높은 반면에 충격 변형에는 약하다.

/prompt close-up view, simple details, red brick building --s 50 --v 6.0 --style raw

/prompt modern style, a building made of red brick with exterior materials --s 50 --v 6.0 --style raw

/prompt minimalistic style, exterior view, house made of black brick --s 50 --v 6.0 --style raw

/prompt minimalistic style, interior view, house made of black brick --s 50 --v 6.0 --style raw

04-3 철강(Steel)

금속재료(Metallic materials)는 광석(Ore)으로부터 필요한 물질을 제련(Refining)하여 얻어진 것으로써, 철금속(Ferrous metal)과 비철금속(Nonferrous metal)으로 구분한다. 일반적으로 철(iron)과 강(steel)을 합쳐서 철강(Iron and steel)이라고 한다. 건축재료로는 구조용재와 장식재로 많이 사용된다. 특징은 변형과 가공이 용이하고 열과 전기의 양도체이며 특유의 금속광택을 가진 반면에 비중이 크고 녹이 슬기 쉽다.

/prompt close-up view, contemporary style, details of steel structure building --s 50 --v 6.0 --style raw

/prompt futuristic style, a steel framed, house --s 50 --v 6.0 --style raw

/prompt modern style, a steel framed, factory--s 50 --v 6.0 --style raw

/prompt minimalistic style, interior view, steel framed house --s 50 --v 6.0 --style raw

04-4 목재 (Timber, Wood)

목재는 예로부터 건축물의 중요한 재료로써 구조재에서 수장재에 이르기까지 다양하게 사용되어 왔다. 현대건축에서는 철근콘크리트, 철재 등이 주 사용재료가 되면서부터 구조재로서의 쓰임은 점차 감소되어가고 있는 반면, 수장재, 가구재로서의 역할은 증대되어가고 있다. 특징은 가벼우면서도 강하며 종류가 다양하고 외관이 아름다운 반면에 화재에 취약하며 변형이 크다.

프롬프트 키워드 [wood frame]

/prompt close-up view, contemporary style, details of wood framed building --s 50 --v 6.0 --style raw

프롬프트 키워드 [wood frame]

/prompt modern style, a building made of wood frame and glassed wall --s 50 --v 6.0 --style raw

프롬프트 키워드 [wood frame]

/prompt contemporary style, exterior view, a cafe made of wood frame and glassed wall, --s 50 --v 6.0 --style raw

프롬프트 키워드 [wood frame]

/prompt minimalistic style, interior view, wood framed house --s 50 --v 6.0 --style raw

04-5 유리(Glass)

유리는 중세이후 대성당의 창유리에서 시작된 재료로써 철, 시멘트와 함께 3대 건축재료이며, 현대건축에서 빠질 수 없는 중요한 재료이다. 창문, 벽면, 외관 디자인 등에 사용되며, 자연광을 유입시키고 시야를 확보하는 데 중요한 역할을 한다. 특징은 내구성이 커서 반영구적이고, 투명하며 아름다운 광택을 가진 반면, 충격에 약하고 파손되기 쉬우며 파편은 위험하다.

/prompt close-up view, contemporary style, curtain wall details --s 50 --v 6.0 --style raw

/prompt modern style, curtain wall facade of office building --s 50 --v 6.0 --style raw

/prompt contemporary style, cylinder shaped, exterior view, glass house --s 50 --v 6.0 --style raw

/prompt minimalistic style, interior view, glass house --s 50 --v 6.0 --style raw

04-6 타일(Tile)

타일은 점토 또는 암석의 분말을 성형, 소성하여 만든 얇은 판형의 제품을 말한다. 바닥과 내외벽에 사용되며, 다양한 색상과 패턴으로 디자인할 수 있다. 특징은 내구성, 내화성, 내수성, 내마모성, 청결성이 매우 높다.

프롬프트 키워드 [ceramic tile]

/prompt close-up view, contemporary style, facade details of ceramic tile --s 50 --v 6.0 --style raw

프롬프트 키워드 [ceramic tile]

/prompt minimalistic style, interior view, a bathroom made of ceramic tile --s 50 --v 6.0 --style raw

프롬프트 키워드 [ceramic tile]

/prompt contemporary style, exterior view, house made of white ceramic tiles --s 50 --v 6.0 --style raw

프롬프트 키워드 [ceramic tile]

/prompt contemporary style, a building made of white ceramic tile and glass block --s 50 --v 6.0 --style raw

04-7 석재 (Stone)

건축에 사용되는 암석(Rock)은 목재와 같이 고대로부터 중요한 건축재료로 많이 사용되어 왔으나, 철근 콘크리트 또는 철골 구조의 발달로 재료로서의 사용은 감소되고, 마감재와 치장재로 광범위하게 사용된다. 특징은 불연성이며 압축 강도가 강하고 외관이 장중하여 아름다운 반면, 비중이 크고 가공이 어렵다.

/prompt close-up view, contemporary style, stones detail of inka architecture --s 50 --v 6.0 --style raw

/prompt minimalistic style, stone-decorated interior of house --s 50 --v 6.0 --style raw

/prompt minimalistic style, a cube-shaped house made of limestone with exterior materials --s 50 --v 6.0 --style raw

/prompt contemporary style, a building made of granite stone with exterior materials --s 50 --v 6.0 --style raw

04-8 알루미늄(Aluminum)

알루미늄은 보크사이트로부터 주성분인 알루미나를 추출한 후 전기 분해하여 만든 은백색의 금속이며, 대표적인 경금속이고, 철강 다음으로 많이 사용되는 비철금속이다. 건축물의 내외벽 마감재료와 창호재료로써 많이 사용된다. 특징은 가볍고 강하며, 가공성이 좋은 반면, 산이나 알칼리 및 해수에 침식되기 쉽다.

/prompt close-up view, contemporary style, facade details of aluminum panel --s 50 --v 6.0 --style raw

/prompt minimalistic style, interior view, lobby made of aluminum panel --s 50 --v 6.0 --style raw

/prompt minimalistic style, tiny house, made of aluminum panel with exterior materials --s 50 --v 6.0 --style raw

/prompt contemporary style, a building made of aluminum panels with exterior materials --s 50 --v 6.0 --style raw

04-9 플라스틱 (Plastic)

건축 재료에서는 가소성을 가진 고분자 화합물을 일반적으로 플라스틱이라 하며, 여러 가지 우수한 장점 때문에 수장재, 피복재, 접착재, 도료, 실리재 등으로 많이 사용되고 있다. 특징은 경량이라 가공성이 우수하고 내수성이 양호하며 착색이 자유롭다. 반면, 변형되기 쉬우며 내열성과 표면강도가 약하다.

/prompt close-up view, minimalistic style, details of insulated translucent panel --s 50 --v 6.0 --style raw

/prompt minimalistic style, interior view, office made of insulated translucent panel --s 50 --v 6.0 --style raw

/prompt contemporary style, a building made of insulated translucent panels with exterior materials, at night --s 50 --v 6.0 --style raw

/prompt contemporary style, a showroom made of bubble transparent with exterior materials --s 50 --v 6.0 --style raw

04-10 미장재 (Plastering materials)

미장 재료는 건축물의 내외벽, 바닥, 천장 등의 미화, 보호, 보온, 방습, 방음, 내화, 내마멸성 등을 목적으로 적당한 두께로 바르거나 뿜칠하여 마무리하는 재료이다.

/prompt close-up view, minimalistic style, details of plaster --s 50 --v 6.0 --style raw

/prompt minimalistic style, house covered by a rough textured white plaster --s 50 --v 6.0 --style raw

/prompt contemporary style, a white building made of plaster with rough and thick particles --v 6.0 --s 50 --style raw

/prompt minimalistic style, interior view, plaster-decorated house --s 50 --v 6.0 --style raw

04-11 자연재 (Natural Materials)

자연 재료를 사용하는 건물 외관은 따뜻하고 지속 가능하며, 친환경적인 건축행위에 기여할 뿐만 아니라 특성, 질감, 자연과의 연관성을 더해준다.

프롬프트 키워드 [bamboo]

/prompt contemporary style, a building made of bamboo with exterior materials --s 50 --v 6.0 --style raw

프롬프트 키워드 [adobe]

/prompt contemporary style, a building made of adobe with exterior materials --s 50 --v 6.0 --style raw

프롬프트 키워드 [rammed earth]

/prompt contemporary style, a building made of rammed earth with exterior materials --s 50 --v 6.0 --style raw

프롬프트 키워드 [thatch]

/prompt contemporary style, a building made of thatch with exterior materials --s 50 --v 6.0 --style raw

05

스타일

하나의 건축공간을 완성하기 위해서는 다양한 분야에 대한 이해와 상호 간의 협업이 필요하다. 이번 장에서는 건축, 인테리어, 가구, 조경 분야에서 시대적으로 대표적인 작업들을 살펴보고, 더불어 예술가, 기하 형태, 자연형태로부터 다양한 스타일을 알아보도록 한다.

/prompt various styles of architecture based on history, from ancient to the present --v 6.0 --s 50

05-1 건축 스타일

서양 건축사에서 다루는 시대별 양식의 간략한 특징과 대표적인 건축물을 살펴봄으로써 향후 특정 양식이나 건축가 스타일을 참조할 때 도움이 되고자 한다. 각 시대별 분류기준은 서양 건축사 서적을 참고하였으며, 시대별 특징은 챗GPT를 통하여 답을 구하였다. 챗GPT에 질의 시 한글로도 가능하지만, 이 경우 어색한 번역들이 종종 발생하므로 가급적 영문으로 질문하여 답변 받기를 권장한다. 다음은 각 시대별 주요 건축 양식의 예시이다. 이런 역사적인 스타일은 각 시대의 문화, 기술, 철학적 변화를 반영하며, 건축 스타일의 이해는 과거를 통해 현재를 이해하고 미래의 건축을 예측하는 데 도움이 된다.

고대 그리스 (Ancient Greece) [circa 900 BC - 1st century BC]

고대 로마 (Ancient Rome) [circa 509 BC - 4th century AD]

로마네스크 (Romanesque) [circa 9th century - 12th century]

고딕 (Gothic) [12th century - 16th century]

르네상스 (Renaissance) [14th century - 17th century]

바로크 (Baroque) [17th century - 18th century]

로코코 (Rococo) [18th century]

신고전주의 (Neoclassicism) [18th century - early 19th century]

빅토리아 시대 (Victorian) [19th century]

모더니즘 (Modernism) [late 19th century - mid 20th century]

포스트모더니즘 (Postmodernism) [late 20th century]

각 시대별 건축물의 이미지는 실제 건축물과 가급적 일치시키기 위하여 프롬프트에 stylize를 0으로 적용하였으며, 좀 더 정확한 이미지의 구현이 필요한 경우는 실제 이미지와 비교해 보면서 프롬프트의 수정이 여러 차례 필요하다. 인기있는 건축물은 미드저니가 학습을 충분히 하였기 때문에 형태를 비슷하게 구현하지만 양식, 장식, 패턴 등과 같은 부분은 아직까지 실제와 다소 다르게 나타나는 경우가 많다.

챗GPT에서 영어로 질문 (예시)

Tell me three important characteristics of acient architecture?

Certainly! Ancient architecture is characterized by various features that reflect the cultural, technological, and artistic aspects of different civilizations. Here are three important characteristics:

1. Materials Used

Ancient architects utilized locally available materials for construction. This often included stone, mud bricks, wood, and other natural resources. The choice of materials was influenced by the geographical location and climate of the region.

번역기(챗GPT 또는 파파고)에서 한글로 번역 (예시)

고대 건축은 다양한 문명의 문화적, 기술적, 예술적 측면을 반영하는 다양한 특징들로 특징지어집니다. 여기에 세 가지 중요한 특징들이 있습니다.

1. 사용된 재료

고대 건축가들은 건축을 위해 현지에서 구할 수 있는 재료들을 활용했다. 이것은 종종 돌, 진흙 벽돌, 나무, 그리고 다른 천연 자원들을 포함했다. 재료들의 선택은 그 지역의 지리적인 위치와 기후에 의해 영향을 받았다.

고대 건축 (Ancient Architecture, 3000 BCE~476 CE)

고대 건축은 여러 문명의 문화적, 기술적, 예술적 측면을 반영하는 다양한 특징을 성격으로 한다. 여기에 세 가지 중요한 특징이 있다.

1. 사용된 재료

고대 건축가들은 건축을 위해 현지에서 구할 수 있는 재료들을 활용했다. 이것은 종종 돌, 진흙 벽돌, 나무, 그리고 다른 자연 소재들을 포함한다. 재료들의 선택은 그 지역의 지리적인 위치와 기후에 의해 영향을 받았다.

2. 상징성과 종교적 의미

많은 고대 건축물들은 깊은 상징성과 종교적인 의미를 가지고 지어졌다. 사원, 피라미드(076페이지 두 번째 그림), 그리고 다른 기념비적인 건축물들은 종종 숭배의 장소로서 사용되거나 신들에게 바쳐졌다. 건축 디자인과 배치는 종교적인 믿음과 의식에 의해 영향을 받았다.

3. 혁신적인 건설 기술

고대 건축가들은 혁신적인 건축 기법을 사용하여 뛰어난 공학적 기술을 보여주었다. ①아치(Arch), ②볼트(Vault), ③돔(Dome) 구조물이 주목할 만한 사례이다. 예를 들어 고대 이집트인들은 피라미드를 짓기 위해 정교한 방법을 사용했지만, 고대 로마인들은 건축물에 아치를 사용한 것으로 유명하다.

① **/prompt** arch of acient rome architecture --s 0 --v 6.0 --style raw
② **/prompt** vault of acient rome architecture --s 0 --v 6.0 --style raw
③ **/prompt** dome of acient rome architecture --s 0 --v 6.0 --style raw

이러한 특징은 고대 건축 업적에 내재된 독창성과 문화적 중요성을 보여준다.

스톤헨지, 영국 윌트셔주, 기원전 3100년~기원전 1600

/prompt stonehenge in england, a sheep --s 0 --v 6.0 --style raw

피라미드, 이집트 기자, 기원전 2550년

/prompt the pyramid of giza in egypt, a camel in the distance --s 0 --v 6.0 --style raw

바빌론의 공중정원, 바그다드, 기원전 605년~기원전 562년

/prompt the hanging gardens of babylon in mesopotamia, a anzu bird in the distance --s 50 --v 6.0 --style raw

파르테논, 그리스 아테네, 기원전 490년~기원전 432년

/prompt parthenon in greece, a dog in the distance --s 0 --v 6.0 --style raw

콜로세움, 이탈리아 로마, 70년~80년

/prompt colosseum in rome, a eagle in the distance --s 0 --v 6.0 --style raw

판테온, 이탈리아 로마, 113년~125년

/prompt upward view, interior detail of pantheon in rome, a eagle in the distance --s 0 --v 6.0 --style raw

대략 5세기에서 15세기에 걸친 중세 건축은 초기 건축 양식에서 진화하여 독특한 특징을 보여주며, 중세의 사회적, 문화적 맥락으로부터 영향을 받았다. 세 가지 중요한 특징은 다음과 같다.

1. 고딕 스타일

중세 건축의 가장 중요한 특징 중 하나는 ❶첨두 아치(Pointed arch), ❷리브 볼트(Ribbed vault), ❸플라잉 버트레스(FLying buttress)로 특징지어지는 고딕 양식이다. 노트르담 대성당(081페이지의 첫 번째 그림)과 샤르트르 대성당(두 번째 그림)과 같은 고딕 양식의 대성당이 이 양식의 예이다. 수직성에 대한 강조, 큰 스테인드 글라스 창문, 그리고 복잡한 돌조각의 고딕 건축은 초기 로마네스크 양식과 구별된다.

❶ **/prompt** pointed arch of gothic architecture --v 6.0 --s 50 --style raw
❷ **/prompt** ribbed vault of gothic architecture --v 6.0 --s 50 --style raw
❸ **/prompt** flying buttress of gothic architecture --v 6.0 --s 50 --style raw

2. 요새화된 구조물

중세 건축은 종종 성, 요새, 도성과 같은 요새화된 구조물을 포함한다. 이 건물들은 침략과 포위로부터 보호하기 위해 두꺼운 벽, ❹총안(Crenellation), ❺해자(Moat)와 같은 방어적인 특징들로 설계되었다. 런던탑과 크락 데 슈발리에(Krak des Chevaliers)와 같은 성은 중세 요새의 상징적인 예이다.

④ **/prompt** close-up view, crenellations of medieval castle --v 6.0 --s 50 --style raw
⑤ **/prompt** close-up view, moat of medieval castle --v 6.0 --s 50 --style raw

3. 종교와 세속의 융합

중세 건축은 종교적 기능과 세속적 기능의 융합을 반영한다. 교회와 대성당이 중세 생활의 중심으로 남아있는 반면, 시청, 길드집회장(Guildhall), 시장과 같은 세속적인 건물들도 중요한 역할을 했다. 이러한 건물의 디자인과 장식은 중세 동안 정신적인 것과 지상적인 것의 상호작용을 강조하면서 종종 시민적인 상징과 함께 종교적인 모티브를 통합한다. 이러한 특성은 중세 사회의 사회적, 종교적, 군사적 측면을 반영하는 중세 건축 양식의 다양성과 복잡성을 보여준다.

성 소피아 성당, 튀르키예 이스탄불, 532년~537년

/prompt street view, hagia sophia in istanbul::50 a house sparrow in the distance:: --s 0 --v 6.0 --style raw

노트르담 대성당, 프랑스 파리, 1163년~1345년

/prompt facade of notre-dame cathedral in france, a pigeon in the distance --s 0 --v 6.0 --style raw

샤르트르 대성당, 프랑스 샤르트르, 1126년~1252년

/prompt interior of chartres cathedral in france --s 0 --v 6.0 --style raw

솔즈베리 대성당, 영국 솔즈베리, 1220년~1320년

/prompt salisbury cathedral --s 0 --v 6.0 --style raw

알함브라 궁전, 스페인 그라나다, 1238년~1358년

/prompt intricate archways and pillars of alhambra in spain --s 50

14세기 동안 이탈리아에서 출현하여 유럽 전역에 퍼진 르네상스 건축은 고전적인 요소들의 부활과 대칭, 비례, 그리고 인문주의에 초점을 맞춘 것이 특징이다. 여기에 세 가지 중요한 특징들이 있다.

1. 고전적 영향

르네상스 건축가들은 대칭(Symmetry), 비례(Proportion), 그리고 양식(Order)과 같은 원칙의 부활을 추구하면서 고대 로마와 그리스 건축으로부터 영감을 끌어냈다. ❶기둥(Column), ❷필라스터(Pilaster) 그리고 도릭, 이오닉, 코린트 같은 ❸고전적인 양식(Classical orders)들이 다시 도입되었다. 이러한 고전적인 이상으로의 복귀는 피렌체의 메디치 리카디 궁전(Palazzo Medici Riccardi)과 로마의 성 베드로 대성전(St. Peter's Basilica, 085페이지 그림)과 같은 건물들에서 볼 수 있다.

❶ **/prompt** a column of acient greek architecture --v 6.0 --s 50 --style raw
❷ **/prompt** a pilaster, a flattened column or a rectangular column-like element attached to a wall --v 6.0 --s 50 --style raw
❸ **/prompt** various forms of architectural orders , ancient greek style --v 6.0 --s 50 --style raw

2. 대칭 및 비례

르네상스 건축은 균형 감각, 조화, 수학적 비례를 강조했다. 건물들은 종종 대칭적인 외관들과 신중하게 계산된 비례로 설계하여 질서와 아름다움을 만들어낸다. 황금비(Golden ratio, 211페이지 그림)과 같은 수학적 비례의 사용은 설계 과정에서 흔했다. 예를 들어, 피렌체의 산 로렌조 대성당(the Basilica di San Lorenzo)의 정면과 안드레아 팔라디오(Andrea Palladio)의 빌라 로툰다(the Villa Rotonda)를 들 수 있다.

3. 휴머니즘과 인간의 이상화

인간의 잠재력과 성취의 가치를 강조하는 문화 운동인 휴머니즘은 르네상스 건축에 영향을 미쳤다. 건물들은 고전 예술과 문학에서 나타난 완벽함을 적용하여 비례와 아름다움의 이상을 반영하여 설계되었다. 인간의 형태에 대한 탐구와 조각과 부조에 이상화된 인물의 표현이 널리 퍼졌고, 인간의 지성과 창조성에 대한 찬양을 보여주었다.

이러한 특징들은 르네상스 건축의 독특한 특징들을 나타내며, 중세 양식으로부터 벗어나 고대 그리스와 로마의 고전적인 원칙으로의 회귀를 강조한다.

피렌체 대성당, 이탈리아 피렌체, 1296년~1436년

/prompt florence cathedral in Itary, a bird in the distance --s 0 --v 6.0 --style raw

성 베드로 대성전(건축), 바티칸시티 1506년~1626년

/prompt elevation of st. peter's basilica in vatican city, a bird in the distance --s 0 --v 6.0 --style raw

바로크와 로코코 건축 (Baroque and Rococo Architecture, 17th~18th century)

바로크와 로코코는 화려한 장식, 극적인 요소들, 그리고 이전 양식들의 구속으로부터의 벗어남을 특징으로 하는, 17세기와 18세기에 출현했던 건축 양식이다. 여기 각각의 세 가지 중요한 특징들이 있다.

바로크 건축

1. 극적인 장식

바로크 건축은 정교한 장식과 꾸밈으로 유명하다. 건물들은 조각된 형태, 금박 장식, 빛과 그림자의 역동적인 사용과 같은 복잡한 세부 사항들을 특징으로 한다. 그 목표는 그 공간의 감정적인 충격을 강조하면서, 웅장함과 연극적 느낌을 만드는 것이다. 예를 들어, 프랑스의 베르사유 궁전(The Palace of Versailles, 088 페이지의 두 번째 그림)과 로마의 성 베드로 대성전(St. Peter's Basilica, 첫 번째 그림)이 있다.

2. 곡선 및 역동적 형태

바로크 양식은 종종 곡선과 역동적이고 물결치는 형태를 포함한다. 초기 양식의 직선으로부터의 이러한 이탈은 구조물에 움직임과 에너지를 더한다. 바로크 양식은 ❶곡선의 페디먼트(Curved pediment), 볼록하고 오목한 요소들, 그리고 타원형 모양들을 가질 수 있다. 바로크 양식은 프란체스코 보로미니(Francesco Borromin)의 산티보 델라 사피엔자 성당(Sant'Ivo ala Sapienza in Rome)와 같은 교회와 잔 로렌초 베르니니(Gian Lorenzo Bernini)의 4대강 분수(Fountain of the Four Rivers)와 같은 조각들에서 관찰된다.

/prompt curved pediment of baroque architecture --v 6.0 --s 50 --style raw

3. 빛과 그림자의 사용

바로크 건축가들은 그들의 디자인의 전체적인 충격을 높이기 위해 극적인 조명 효과를 사용했다. 빛과 그림자의 놀이인 ❷키아로스쿠로(Chiaroscuro)는 역동적인 분위기를 만들기 위해 사용되었다. 이것은 특정한 건축적인 요소들을 강조하기 위한 큰 창문, 돔, 빛의 통합에서 분명히 드러난다. 바로크의 걸작인 로마의 제수 교회(The Church of the Gesu)가 이 기법의 예이다.

/prompt chiaroscuro in baroque paintings --v 6.0 --s 50 --style raw

로코코 건축

1. 우아함과 장식 디테일

로코코 건축은 우아함, 가벼움, 그리고 복잡한 장식에 중점을 두는 것이 특징이다. 정교한 꽃 모티프, 섬세한 곡선, 그리고 비대칭적인 디자인이 스타일을 정의한다. 로코코 실내는 종종 고급스러움을 만드는 파스텔 색상, 거울, 그리고 장식 요소로 꾸며진다. 바이에른의 비스 교회(Wieskirche)와 베르사유 궁전(088페이지 두 번째 그림)의 로코코 실내는 이 화려한 스타일의 전형이다.

2. 곡선 형태와 껍질 모티프

로코코 건축은 종종 흐르는 선, 소용돌이치는 패턴, 그리고 껍질 같은 모티프를 포함한 곡선 형태를 특징으로 한다. 이러한 유기적인 형태는 스타일의 변덕스럽고 장난스러운 특성에 기여한다. 로코코 디자인은 가구, 인테리어 장식, 그리고 건축적인 디테일에서 보여지는데, 이것은 움직임과 우아함을 만든다.

3. 비대칭과 가벼움

바로크 양식의 대칭성과는 다르게, 로코코는 비대칭성과 가벼움을 받아들인다. 시각적으로도 보기 좋고, 우아한 구성 요소들을 만드는 것에 중점을 둔다. 독일 포츠담의 상수시 궁(The Palace of Sanssouci)과 베르사유의 쁘띠 트리아농(The Petit Trianon)은 로코코 양식의 섬세하고 매력적인 특징들을 보여준다. 이러한 특징들은 바로크와 로코코 건축의 독특한 특징들을 강조하며, 화려함, 연극적인 느낌, 예술적 표현에 대한 강조를 보여준다.

성 베드로 대성전(인테리어), 바티칸시티 1506년~1626년

프롬프트 키워드 [st. peter's basilica]

/prompt st. peter's basilica in vatican city --s 0 --v 6.0 --style raw

베르사유 궁전, 프랑스 베르사유, 1624년~

프롬프트 키워드 [palace of versailles]

/prompt interior of palace of versailles in france --s 0 --v 6.0 --style raw

세인트 폴 대성당, 영국 런던, 1675년~1710년

/prompt st. paul's cathedral in london, a bird in the distance --s 0 --v 6.0 --style raw

쇤브룬 궁전, 오스트리아 비엔나, 1638년~1743년

/prompt interior of schöbrunn palace in austria --s 0 --v 6.0 --style raw

신고전주의와 낭만주의 건축(Neoclassical and Romantic Architecture, late 18th ~19th centuries)

신고전주의 건축과 낭만주의 건축은 각각 고유한 특징을 가지고 있는 18세기 후반에서 19세기까지 출현한 독특한 양식이다. 여기에 각각의 세 가지 중요한 특징들이 있다.

신고전주의 건축

1. 고전으로부터의 영감

신고전주의 건축은 고대 그리스와 로마의 고전적인 건축에서 영감을 끌어낸다. 도릭, 이오닉, 코린티안의 기둥과 같은 고전적인 양식를 되살리고, ❶페디먼트(Pediment)와 ❷프리즈(Frieze)와 같은 고전적인 모티브를 통합하려고 했다. 이성과 합리성의 이상을 반영하면서, 건물들은 질서(Order), 대칭(Symmetry), 그리고 단순함(Simplicity)으로 디자인되었다. 예를 들어, 워싱턴 D.C.의 미국 국회의사당(The United States Capitol, 092페이지의 두 번째 그림)과 내슈빌의 파르테논(The Parthenon)이 있다.

❶ **/prompt** pediment of ancient greek architecture --v 6.0 --s 50 --style raw
❷ **/prompt** frieze of ancient greek architecture --v 6.0 --s 50 --style raw

2. 깔끔한 선과 기하학적 모양

신고전주의 건축물은 깔끔한 선과 기하학적 형태를 특징으로 한다. 직선과 직각을 강조한 것은 로코코와 같은 이전 양식의 곡선과 장식에 대조된다. 파리의 판테온(the Panthéon)과 베를린의 브란덴부르크문(Brandenburg Gate, 093페이지의 첫 번째 그림)의 외관은 신고전주의 디자인의 기하학적 정밀함과 단순함을 잘 보여준다.

3. 도시의 공공 건축물

신고전주의 건축은 종종 시민과 공공의 건축물에 사용되었는데, 이것은 건축과 계몽주의의 이상의 연관성을 상징한다. 정부 건물, 박물관, 공공시설들은 질서, 권위, 시민의 자부심을 전달하기 위해 신고전주의 양식을 받아들였다. 신고전주의 공공 건축의 예로는 런던의 대영박물관(The British Museum, 082페이지의 첫 번째 그림)과 버지니아의 몬티첼로(The Monticello)가 있다.

낭만주의 건축

1. 감정 표현과 개인주의

낭만주의 건축은 감정적인 표현과 개인주의에 중점을 두는 것이 특징이다. 건축가들은 그들의 디자인에서 극적인 느낌, 열정, 그리고 향수를 불러일으키기를 추구했다. 낭만주의 건축물들은 종종 그림 같은 풍경, 불규칙한 형태, 그리고 엄격한 고전적인 비례로부터의 벗어남을 특징으로 한다. 런던의 웨스트민스터궁(The Houses of Parliament, Palace of Westminster, 094페이지의 첫 번째그림)과 독일의 노이슈반슈타인성(Neuschwanstein Castle, 094페이지의 두 번째 그림)은 19세기의 낭만주의 이상을 반영한다.

2. 중세 부활과 이국적인 요소

낭만주의 건축가들은 영감을 얻기 위해 종종 과거를 바라보았고, 중세와 고딕 요소의 부활로 이어졌다. 성, 포탑, 그리고 뾰족한 아치들은 인기 있는 모티프가 되었다. 먼 문화권의 이국적이고 환상적인 요소들도 낭만주의 건축에 영향을 미쳤다. 영국의 딸기 언덕 집(Strawberry Hill House)은 이러한 절충적인 영향의 통합을 보여준다.

3. 자연과 픽쳐레스크(the Picturesque)의 연결

낭만주의 건축은 자연과의 연관성을 받아들이며, 종종 건물들을 자연 경관으로 통합시켰다. 불규칙한 형태, 비대칭, 그리고 주변과의 조화로운 관계가 특징인 그림 같은 미학이 주요 특징이었다.

브라이튼의 로열 파빌리언(The Royal Pavilion)과 미국의 빌트모어 에스테이트(Biltmore Estate)는 건축과 자연 환경의 조화에 대한 낭만적인 강조를 잘 보여준다.

대영 박물관, 영국 런던, 1753년

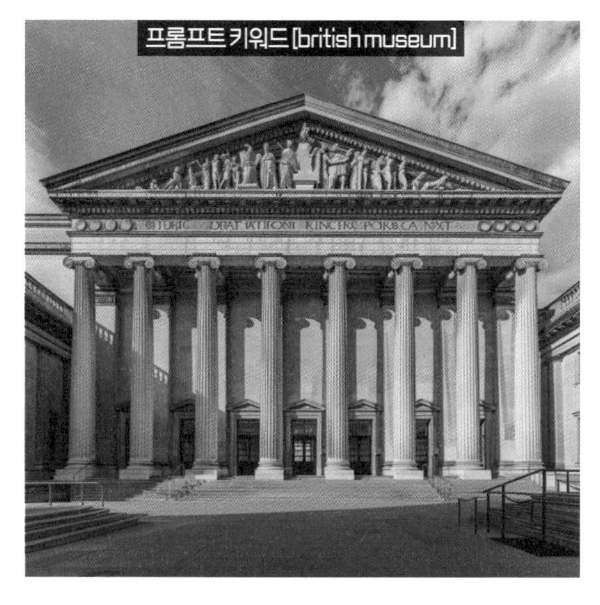

/prompt facade, the british museum in london --v 6.0 --s 0 --style raw

미국 국회의사당, 미국 워싱턴, 1793년~1800년

/prompt the united states capitol in washington, a bird in the distance --s 0 --v 6.0 --style raw

브란덴부르크 문, 독일 베를린, 1788년~1791년

/prompt brandenburg gate in berlin, a bird in the distan ce --s 0 --v 6.0 --style raw

개선문, 프랑스 파리, 1806년~1836년

/prompt the arc de triomphe in paris, a bird in the dis tance --s 0 --v 6.0 --style raw

웨스트민스터궁, 영국 런던, 1840년~1876년

/prompt the palace of westminster in london, a bird in the distance --s 0 --v 6.0 --style raw

노이슈반슈타인성, 독일 바이에른주, 1869년~1886년

/prompt neuschwanstein castle --s 0 --v 6.0 --style raw

05-2 인테리어 스타일

가장 일반적인 인테리어 스타일을 선정하여 챗GPT를 이용해 세 가지 중요한 특징을 영어로 물어보고 한글로 번역하였다. 한글로 질문도 가능하나 답변에 어색한 용어들이 있어 영어로 번역하는 작업을 선택하였다. 이미지의 생성을 위한 용도로 주택을 선정하였으며, 그 중에서 거실과 주방을 중심으로 미드저니를 이용하여 디자인을 생성해 본다.

챗GPT에서 영어로 질문 (예시)

What is three important characteristics of contemporary style in interior design?

Contemporary style in interior design is characterized by a combination of elements that reflect the present time. Here are three important characteristics of contemporary style.

1. Clean Lines and Minimalism

Contemporary interiors often feature clean and straight lines. Furniture and architectural details are sleek and simple, promoting a sense of order and minimalism.

– 중략 –

번역기(챗GPT 또는 파파고)에서 한글로 번역 (예시)

한글로 번역해 줘.

현대 스타일의 인테리어 디자인은 현재 시대를 반영하는 요소들의 조합으로 특징 지어진다. 여기서 현대 스타일의 세 가지 중요한 특성을 살펴본다.

1. 깔끔한 선과 미니멀리즘

현대적인 인테리어는 주로 깔끔하고 직선적인 선을 특징으로 한다. 가구와 건축적인 세부사항은 매끄럽고 간단하며, 질서와 미니멀리즘의 느낌을 전하도록 디자인된다.

– 중략 –

번역 수정(예시)

좀 더 전문적이고 세련된 문장으로 다듬어 줘.

컨템퍼러리 스타일의 인테리어 디자인은 현시대를 반영하는 요소들의 조합으로 특징 지어진다. 여기서 컨템퍼러리 스타일의 세 가지 중요한 특성을 살펴본다.

1. 깔끔한 선과 미니멀리즘

컨템퍼러리 인테리어는 주로 깔끔하고 직선적인 것을 특징으로 한다. 가구와 건축의 디테일은 세련되고 단순하며, 질서와 미니멀리즘의 느낌을 전하도록 디자인된다. 혼란함은 최소화하고 공간을 개방적이고 정돈된 느낌으로 만든다.

컨템포러리 스타일(Contemporary style)

컨템포러리 스타일의 인테리어 디자인은 현재를 반영하는 요소들의 조합으로 특징지어진다. 여기에 컨템포러리 스타일의 세 가지 중요한 특징들이 있다.

1. 깔끔한 선과 미니멀리즘

현대의 인테리어는 보통 깨끗하고 직선적인 것이 특징이다. 가구와 건축의 디테일은 날렵하고 단순하여 질서의식과 미니멀리즘을 촉진한다. 어수선함을 최소화하고 공간을 구성하여 개방적이고 꾸밈없는 느낌을 준다.

2. 중성적인 색상 팔레트

컨템포러리 디자인은 일반적으로 중성적인 색상 팔레트를 사용하며 흰색, 회색, 베이지색 등의 톤에 중점을 둔다. 가구, 예술품 또는 액세서리를 통해 대담하고 대조적인 강조를 추가하고 차분한 환경에서 컬러 팝(Pops od color)을 제공한다.

/prompt Neutral Color Palette --v 6.0 --s 50 --style raw

3. 다양한 소재의 혼합

컨템포러리 인테리어는 전통적이고 현대적인 요소를 결합하는 다양한 소재의 혼합을 채택한다. 유리, 금속, 콘크리트, 나무 등이 보통 소재로 사용되며, 이러한 다양한 소재의 사용은 공간에 질감과 흥미를 더해 시각적으로 동적이고 세련된 분위기를 조성한다.

컨템퍼러리 스타일의 주방

/prompt contemporary style, kitchen --s 50 --v 6.0 --style ra

컨템포러리 스타일의 거실

/prompt contemporary style, living room --v 6.0 --style raw --s 50

스칸디나비아 스타일(Scandinavian style)

스칸디나비아 스타일의 인테리어 디자인은 단순함, 기능성, 그리고 자연 요소에 중점을 둔 것으로 알려져 있다. 다음은 스칸디나비아 스타일의 세 가지 중요한 특성이다.

1. 밝고 중립적인 색상 팔레트

스칸디나비아 인테리어는 주로 밝고 중립적인 색상 팔레트를 특징으로 한다. 흰색, 연한 회색, 부드러운 색상들은 공간을 밝고 쾌적하게 만들어주며 자연광을 최대한 활용한다. 이러한 색상 조합은 깨끗하고 안정적인 미학을 형성한다.

2. 자연 소재 활용

스칸디나비아 디자인은 나무, 돌, 가죽과 같은 자연 소재의 사용에 중점을 둔다. 나무 바닥, 가구, 액센트 등이 흔하게 사용되어 인테리어에 자연과의 연결감과 따뜻함을 불어넣는다. 자연 소재의 사용은 질감을 더하며 아늑하고 초대하는 분위기를 조성한다.

3. 깔끔한 선과 미니멀리즘

스칸디나비아 인테리어는 깔끔한 선과 미니멀한 접근방식을 특징으로 한다. 가구와 장식은 주로 단순하고 실용적이며 불필요한 장식을 최소화한다. 실용성과 효율성에 중점을 두어 정리되고 조직된 생활 공간을 만든다.

이러한 특징은 단순함과 자연과의 연결을 우선시하는 기능적이고 편안하며 미적으로 보기 좋은 인테리어를 만든다는 스칸디나비아 디자인 철학을 반영한다.

스칸디나비안 스타일의 식당

/prompt scandinavian style, kitchen --v 6.0 --style raw --s 50

스칸디나비안 스타일의 거실

/prompt scandinavian style, living room --v 6.0 --style raw --s 50

아르데코 스타일의 인테리어 디자인은 기하학적인 형태와 호화로운 재료에 의해 영감을 받은 대담하고 화려하며 고급스러운 미적 감각으로 유명하다. 여기에 아트 데코 스타일의 세 가지 중요한 특징들이 있다.

1. 기하학적 패턴과 형태

아르데코 인테리어는 종종 쉐브론(Chevron), 지그재그(Zigzag), 계단 형태와 같은 대담한 기하학적 패턴과 형태를 특징으로 한다. 이러한 패턴은 가구, 바닥재, 벽을 포함한 다양한 요소에 적용되어 시각적으로 역동적이고 세련된 모습을 만든다.

2. 호화로운 소재

아트 데코는 화려함을 풍기는 호화로운 재료들을 포함합니다. 일반적인 재료들은 이국적인 나무, 옻칠, 크롬, 유리, 그리고 거울들을 포함한다. 이러한 고급소재의 사용은 아르데코 인테리어와 관련된 화려하고 퇴폐적인 분위기를 만든다.

3. 대칭과 간결한 디자인

아르데코는 대칭과 유선형 디자인에 강조를 둔다. 가구와 건축 디테일은 흔히 균형 잡힌 배열과 매끈한 선을 보여준다. 유선형 디자인 요소들은 현대적이고 세련된 외관에 기여하는 반면, 대칭적인 레이아웃은 질서와 형식을 만든다.

이러한 특징들은 아르데코 스타일을 정의하며, 20세기 초에 등장하여 인테리어 디자인에 대한 대담하고 우아한 접근으로 계속해서 인기를 끌고 있다.

아르데코 스타일의 주방

/prompt art deco style, kitchen --v 6.0 --style raw --s 50

아르데코 스타일의 거실

/prompt art deco style, living room --v 6.0 --style raw --s 50

보헤미안 스타일 (Bohemain style)

보헤미안 스타일의 인테리어 디자인은 다양한 문화와 관습에 얽매이지 않는 요소들로부터 영감을 끌어내는, 절충적이고 자유분방한 성격이 특징이다. 보헤미안 스타일의 세 가지 중요한 특징은 다음과 같다.

1. 다양한 색상과 패턴의 혼합

보헤미안 인테리어는 활기차고 다양한 색상의 팔레트로 유명하다. 풍부하고 따뜻한 색상과 보석 톤의 혼합이 흔하여 활기차고 마음을 끄는 분위기를 만든다. ❶페이즐리(Paisley), ❷플로럴(Floral) 및 ❸에스닉(Ethnic) 프린트와 같은 패턴이 겹겹이 쌓여 있어 다양하고 보헤미안한 분위기에 기여한다.

❶ **/prompt** paisleys print --v 6.0 --s 50 --style raw
❷ **/prompt** florals print --v 6.0 --s 50 --style raw
❸ **/prompt** ethnic print --v 6.0 --s 50 --style raw

2. 다양한 질감과 소재의 혼합

질감과 소재의 혼합 보헤미안 디자인은 다양한 질감과 소재를 포함한다. ❹마크라메(Macramé), ❺프린지(Fringe), ❻레이어드 러그(Layered rug)와 같은 촉감 요소와 린넨, 면과 같은 천연 직물은 공간에 깊이와 아늑함을 더한다. 어울리지 않는 가구와 빈티지의 사용은 절충적인 느낌을 더한다.

④ **/prompt** <u>macrame</u> --v 6.0 --s 50 --style raw
⑤ **/prompt** <u>fringe</u> of rug --v 6.0 --s 50 --style raw
⑥ **/prompt** <u>layered</u> rug --v 6.0 --s 50 --style raw

3. 세계적이고 예술적인 강조

보헤미안 인테리어는 종종 다양한 문화에서 온 요소를 통합하며 예술적인 표현을 강조한다. 세계 각지의 텍스타일, 벽 장식물, 수공예품과 같은 아이템이 공간의 세속적이고 개인적인 특성을 나타낸다. 개인의 예술 작품과 수집품 등 개인적인 감성이 보헤미안 디자인에서도 중요하게 다뤄진다. 이러한 특성들은 통합적으로 보헤미안 스타일을 형성하며, 느긋하고 관행에 얽매이지 않은 라이프스타일을 반영한다. 핵심은 다양한 요소를 조화롭게 결합하여 인테리어에서 창의성과 개성을 표현하는 것이다.

보헤미안 스타일의 주방과 거실

/prompt <u>bohemian style</u>, kitchen --v 6.0 --style raw --s 50

/prompt <u>bohemian style</u>, living room --v 6.0 --style raw --s 50

러스틱 스타일(Rustic style)

러스틱 스타일의 인테리어 디자인은 주로 따뜻하고 아늑하며 자연적인 미학으로 알려져 있으며 종종 실외와의 연결성을 반영한다. 러스틱 스타일의 세 가지 중요한 특성은 다음과 같다.

1. 자연 소재 활용

러스틱 인테리어는 주로 나무, 돌, 세련되지 않은 금속과 같은 자연 소재의 사용을 특징으로 한다. 노출된 나무 보, 재생된 목가구, 그리고 돌 등이 공통 요소이다. 이러한 소재들은 자연과의 연결을 강조하여 따뜻하고 자연스러운 분위기를 조성한다.

2. 자연 친화적인 색상 팔레트

러스틱 색상 팔레트는 자연의 세계에서 영감을 받아 종종 갈색, 녹색, 그리고 따뜻한 중성과 같은 톤을 포함한다. 이러한 색상은 안정감 있고 조화로운 환경을 만들어내며 자연 풍경에서 찾을 수 있는 색조를 모방한다. 은은하고 부드러운 톤이 일반적으로 사용되어 러스틱한 느낌을 강조한다.

3. 아늑하고 편안한 분위기

러스틱 인테리어는 아늑하고 매력적인 분위기를 조성하는 것을 목표로 한다. 편안한 가구, 양모나 모피 같은 플러시 섬유(Plush textile), 그리고 겹겹의 직물이 공간의 따뜻함을 증가한다. 벽난로, 따뜻한 조명, 러스틱한 장식품 등의 요소가 이 스타일과 관련된 편안함과 휴식을 더욱 강화한다.

/prompt plush textile --v 6.0 --s 50 --style raw

이러한 특성들은 러스틱 스타일을 정의하며, 자연의 단순함과 아름다움에서 영감을 받은 투박하지만 매력적인 미학을 포용하고 있다.

러스틱 스타일의 주방

/prompt rustic style, kitchen --v 6.0 --style raw --s 50

러스틱 스타일의 거실

/prompt rustic style, living room --v 6.0 --style raw --s 50

젠 스타일(Japanese Zen style)

인테리어 디자인에서 일본의 젠 스타일은 단순함, 미니멀리즘, 그리고 평온하고 조화로운 환경을 조성하는 데 중점을 둔 것이 특징이다. 다음은 일본의 젠 스타일의 세 가지 중요한 특징이다.

1. 단순함과 미니멀리즘

일본의 젠 인테리어는 디자인에서의 단숨함과 미니멀리즘을 강조한다. 어수선함을 최소화하고 불필요한 장식을 피한다. 가구와 장식품은 최소한으로 유지하고 깔끔한 선과 정돈된 공간에 중점을 둔다. 이는 조용하고 흐트러짐 없는 분위기를 조성하여 평온함을 조성하는 것이다.

2. 자연 소재와 색상

젠 디자인은 주로 나무, 대나무, 돌과 같은 자연 소재를 활용한다. 이러한 소재들은 유기적인 아름다움을 강조하기 위해 처리를 최소화하거나 자연 그대로 사용된다. 흙빛과 자연에서 영감을 받은 부드러운 색상들이 주를 이루어 고요하고 안정된 분위기를 조성한다.

3. 개방적인 공간과 유동성

일본의 젠 인테리어는 개방적인 공간과 유동성을 강조한다. 다른 영역들 사이의 부드러운 전환이 가능하도록 배치하여 연속성의 느낌을 촉진한다. ❶슬라이딩 도어(Fusuma)와 ❷스크린(Shoji)은 보통 공간을 구획하는데 사용되어 배치에 유연성을 허용하고 개방적이며 통풍이 잘 되는 느낌을 제공한다.

❶ **/prompt** fusuma, sliding door of japan --v 6.0 --s 50 --style raw
❷ **/prompt** shoji, screen of japan --v 6.0 --s 50 --style raw

이러한 특징들은 단순함, 마음 챙김(Mindfulness), 그리고 자연의 아름다움에 대한 존경을 반영하는 젠 철학을 나타낸다. 일본의 젠 스타일은 평온함을 불러일으키고 균형과 조화를 촉진하는 환경을 조성하기 위한 것이다.

젠 스타일의 주방

/prompt japanese zen style, kitchen --v 6.0 --style raw --s 50

젠 스타일의 거실

/prompt japanese zen style, living room --v 6.0 --style raw --s 50

지중해 스타일(Mediterranean style)

지중해 스타일의 인테리어 디자인은 스페인, 이탈리아, 그리스와 같은 연안 지역에서 영감을 받아 따뜻하고 편안하며 소박한 미학을 특징으로 한다. 지중해 스타일의 세 가지 중요한 특징은 다음과 같다.

1. 토양 색상과 톤

지중해 인테리어는 주로 따뜻하고 토양 색상(Earthy color)의 팔레트를 사용한다. 테라코타, 황토, 짙은 파란색, 그리고 녹색과 같은 색조들이 바다, 하늘 및 자연 경치의 색상을 반영하기 위해 흔히 사용된다. 이러한 색조들은 지중해 지역을 연상시키며 아늑하고 매력적인 분위기를 조성한다.

/prompt earthy colors and tones --v 6.0 --s 50 --style raw

2. 자연 소재와 질감

지중해 디자인에서는 자연 소재의 사용이 중요하다. 돌, 테라코타, 그리고 통나무의 보나 오래된 느낌의 가구와 같은 다양한 종류의 나무가 흔히 사용된다. 이러한 소재들은 질감과 진정한 느낌을 더해주어 전반적으로 따뜻하고 매력적인 분위기를 조성한다.

3. 개방적이고 통풍이 잘 되는 공간

지중해 인테리어는 주로 개방적이고 통풍이 잘 되는 공간을 강조하여 그 지역의 밝고 화창한 기후에서 영감을 얻는다. 큰 창문과 문이 자연광을 풍부하게 받아들이며 실내와 실외 공간 사이의 연결성을 만들어 낸다. 안뜰, 파티오, 베란다 등이 종종 통합되어 실내 공간을 실외로 확장시켜 지중해 생활과 연관된 편안하고 캐주얼한 라이프스타일을 향상시킨다.

이러한 특성들은 지중해 스타일을 전체적으로 특징짓는데, 이는 무한하고 소박한 우아함과 자연과의 강한 연결성을 특징으로 한다. 이 디자인은 느긋하고 편안한 분위기를 만들어 지중해 해안 지역의 매력을 떠올리게 한다.

지중해 스타일의 주방

/prompt mediterranean style, kitchen --v 6.0 --style raw --s 50

지중해 스타일의 거실

/prompt mediterranean style, living room --v 6.0 --style raw --s 50

인더스트리얼 스타일(Industrial style)

인테리어 디자인의 인더스트리얼 스타일은 공장과 창고와 같은 산업 공간에서 영감을 받아서 만들어진 가공되지 않고 엣지있으며, 실용적인 미학으로 특징지어진다. 인더스트리얼 스타일의 세 가지 중요한 특징은 다음과 같다.

1. 원자재와 노출된 재료

인더스트리얼 인테리어는 주로 마감되지 않은 조적벽, 노출된 배관과 덕트, 그리고 콘크리트나 금속 표면과 같은 원자재 및 노출된 재료를 특징으로 한다. 이러한 요소들은 재료 고유의 질감과 불완전한 상태를 존중하여 공간에 다듬어지지 않고 진정한 느낌을 부여한다.

2. 금속 강조와 가구

금속은 산업 디자인에서 중요한 역할을 하며 주로 강조 요소 및 가구에 사용된다. 철, 강철 및 알루미늄과 같은 재료가 널리 사용되며, 금속으로 만들어진 의자, 테이블 및 선반과 같은 가구가 포함될 수 있다. 금속 사용은 공간에 강하고 산업적인 느낌을 더한다.

3. 개방적인 공간과 높은 천장

인더스트리얼 스타일은 일반적으로 높은 천장과 개방적인 공간을 선호하며 산업 창고를 연상시킨다. 넓은 공간감을 조성하고 건축적 요소의 웅장함을 강조한다. 큰 창문과 확장되고 개방적인 배치가 인더스트리얼 인테리어에서는 일반적이며, 이는 풍부한 자연광이 공간을 흐르도록 만든다.

이러한 특징들은 인더스트리얼 스타일을 전체적으로 정의하며, 산업 재료의 아름다움을 알리고 실용적인 미학을 수용한 도시적이고 현대적인 모습을 만들어낸다.

인더스트리얼 스타일의 주방

/prompt industrial style, kitchen --v 6.0 --style raw --s 50

인더스트리얼 스타일의 거실

/prompt industrial style, living room --v 6.0 --style raw --s 50

해안 스타일(Coastal style)

해안 스타일의 인테리어 디자인은 바닷가와 해변의 삶에서 영감을 받아 가벼우면서도 통풍이 잘 되고 편안한 미학을 특징으로 한다. 해안 스타일의 세 가지 중요한 특징은 다음과 같다.

1. 부드러운 색상 팔레트

해안 인테리어는 일반적으로 바다, 하늘, 그리고 해변에서 영감을 받은 부드럽고 평온한 색상 팔레트를 특징으로 한다. 흰색, 연한 파란색, 모래 톤의 중성색(Sandy neutrals), 그리고 해포 녹색(Seafoam green)이 주로 사용되어 가벼우면서도 공기가 통하는 분위기를 만든다. 이러한 색상은 평온함을 유발하며 해변 경관의 자연스러운 색상을 따른다.

2. 자연 소재

해안 디자인은 해안 지역의 환경을 반영하는 자연 소재를 선택한다. 흰색으로 도색된 나무나 풍화된 마감이 일반적으로 가구와 바닥재에 사용된다. 또한 등나무(Rattan), 황마(Jute), 그리고 대나무와 같은 소재가 텍스처와 해변의 느낌을 더하는 데 흔히 활용된다.

/prompt rattan and jute and bamboo, materials of coastal style --v 6.0 --s 50 --style raw

3. 해양 요소와 장식

해안 인테리어는 해양에서 영감을 받은 해양 요소와 장식품을 자주 포함한다. 줄무늬, 닻, 조개, 유목과 같은 해변 관련 아이템들이 해안 테마를 강화하는 데 자주 사용된다. 해양 생물이나 해안 풍경을 그린 아트워크, 그리고 로프와 같은 액세서리도 해안 분위기를 전체적으로 강화하는 데 기여한다.

이러한 특징들은 해안 스타일을 전체적으로 정의하며, 해안가 삶의 본질을 포착하는 편안하고 매력적인 분위기를 조성한다. 이 디자인은 실내로 자연을 끌어들이며 신선하고 바람이 불어오는 해안 환경과 연결된 느낌을 만들어낸다.

해안 스타일의 주방

/prompt coastal style, kitchen --v 6.0 --style raw --s 50

해안 스타일의 거실

/prompt coastal style, living room --v 6.0 --style raw --s 50

프랑스 시골 스타일(French country style)

프렌치 컨트리 스타일의 인테리어 디자인은 프랑스의 시골 지역에서 영감을 받은 따뜻하고 소박하며 매력적인 미학이 특징이다. 프렌치 컨트리 스타일의 세 가지 중요한 특징은 다음과 같다.

1. 따뜻한 색상 팔레트

프렌치 컨트리 인테리어는 주로 따뜻하고 자연스러운 색상 팔레트를 사용한다. 크림, 베이지, 파스텔의 연한 색과 함께 테라코타, 진한 파란색 및 녹색과 같은 풍부하고 깊은 색상이 조화롭게 조합된다. 이러한 색상은 프랑스 시골의 자연 요소를 반영하여 따뜻하고 아늑한 분위기를 조성한다.

2. 자연 소재

자연 소재의 사용은 프렌치 컨트리 디자인에서 중요한 요소이다. 주로 따뜻한 톤의 소박하고 노후한 나무가 가구와 바닥재로 흔히 사용된다. 돌, 벽돌 및 타일은 공간에 진정한 토양의 느낌을 더한다. 이러한 소재들은 자연과 야외와의 연결을 강조한다.

3. 앤티크와 낡은 가구

프렌치 컨트리 인테리어는 종종 앤티크와 낡은 가구를 보여준다. 낡은 매력을 가진 빈티지 가구는 공간에 캐릭터와 진정한 느낌을 더한다. 가구에는 화려한 조각, 둥글게 가공한 다리(Turned legs) 및 다양한 마감을 특징으로 한다. 목표는 우아하면서도 느긋하게 느껴지는 익숙하고 편안한 모습을 만들어내는 것이다.

이러한 특징들은 프렌치 컨트리 스타일을 전체적으로 정의하며, 프랑스 시골의 아름다움을 따르는 시대를 초월하는 매력적인 분위기를 창출한다. 이 디자인은 우아함과 단순함 사이의 균형을 강조하여 세련되고 매력적인 공간을 만든다.

프랑스 시골 스타일의 주방

/prompt french country style, kitchen --v 6.0 --style raw --s 50

프랑스 시골 스타일의 거실

/prompt french country style, living room --v 6.0 --style raw --s 50

고딕 스타일(Gothic style)

인테리어 디자인에서의 고딕 스타일은 중세 시대의 고딕 건축에서 영감을 받아 인상적이고 화려한 특징을 가지고 있다. 고딕 스타일의 세 가지 중요한 특징은 다음과 같다.

1. 첨두 아치와 볼트 천장

고딕 건축과 결과적으로 고딕 인테리어 디자인의 가장 독특한 특징 중 하나는 ❶첨두 아치(Pointed archway)와 ❷볼트 천장(Vaulted ceiling)의 사용이다. 첨두 아치는 문, 창문 및 가구 디자인에서 흔히 볼 수 있다. 늑골이 있고 복잡한 볼트 천장은 높이와 웅장함을 전해준다.

❶ **/prompt** pointed archway of gothic architecture --v 6.0 --s 50 --style raw
❷ **/prompt** vaulted ceiling of gothic architecture --v 6.0 --s 50 --style raw

2. 정교한 조각과 트레이서리

고딕 인테리어는 정교한 조각과 ❸트레이서리(Tracery)로 유명하다. 가구, 목공, 몰딩 및 패널과 같은 장식적인 요소들은 종종 식물 모양, 기이한 형상 및 기하학적 패턴과 같은 복잡한 디자인을 특징으로 한다. 트레이서리는 특히 창문에서 사용되며 로즈 윈도우와 같은 것이 고딕 스타일의 특징 중 하나이다. 이러한 디자인은 섬세함과 정교함을 더해준다.

❸ **/prompt** tracery of gothic architecture --v 6.0 --s 50 --style raw

3. 스테인드 글라스 창문

④스테인드 글라스 창문(Stained glass window)은 고딕 인테리어에서 주목할 만한 특징이다. 이러한 창문은 화려하고 다채로운 색의 유리로 만들어져 복잡한 패턴이나 종교적이거나 서술적인 장면을 묘사한다. 스테인드 글라스는 컬러의 풍요로움을 더할 뿐만 아니라 공간 내에서 빛과 그림자의 조합을 만들어내어 신비로운 분위기를 강화한다.

④ **/prompt** stained glass window of gothic architecture --v 6.0 --s 50 --style raw

이러한 특징들은 고딕 스타일을 전체적으로 정의하며 우아함, 드라마, 그리고 영적인 분위기를 창출한다. 이 디자인은 중세 시대를 경의하면서도 내부 공간에 신비로움과 정교함을 더한다.

고딕 스타일의 주방 1

/prompt gothic style, kitchen --v 6.0 --style raw --s 50

고딕 스타일의 주방 2

/prompt contemporary bright kitchen insipred by gothic style --s 50 --v 6.0 --style raw

고딕 스타일의 거실 1

/prompt gothic style, living room --v 6.0 --style raw --s 50

고딕 스타일의 거실 2

/prompt contemporary bright living room insipred by gothic style --s 50 --v 6.0 --style raw

아르누보 스타일의 인테리어 디자인은 유기적 형태, 곡선들, 그리고 화려한 디테일로 특징지어지며, 자연에서 영감을 받은 경우가 많다. 아르누보 스타일의 세 가지 중요한 특징은 다음과 같다.

1. 곡선 형태

아르 누보는 자연에서 영감을 받은 흐르는 곡선 형태에 중점을 두는 것으로 알려져 있다. 이는 가구, 건축 및 장식적 요소에서 확인할 수 있다. S자 형태의 곡선, 휘몰아치는 곡선, 그리고 파형 모양은 식물이나 꽃과 같은 자연적 형태에서 찾을 수 있는 유동성을 모방한다. 디자인 내에서 움직임과 역동성을 느끼게 하는 것이 목표이다.

/prompt curvilinear forms of art nouveau --v 6.0 --s 50 --style raw

2. 자연에서 영감을 받은 모티프

아르누보는 자연에서 큰 영감을 받으며, 이 영향은 유기적인 모티프로 나타난다. 꽃무늬, 덩굴, 잎, 그리고 다른 식물 요소들이 흔히 가구, 직물, 벽지, 그리고 스테인드 글라스에 통합되어 사용된다. 목표는 자연의 아름다움을 실내로 가져오고 그 복잡한 디테일을 찬미하는 것이다.

3. 화려한 디테일

아르누보 인테리어는 복잡하고 화려한 디테일이 특징이다. 복잡한 패턴은 가구, 벽, 그리고 장식품에 비대칭의 디자인으로 적용된다. 이 디테일에 대한 주의는 스테인드 글라스, 도자기 및 금속 공예와 같은 재료에까지 이어지며, 장인의 숙련된 솜씨를 통해 복잡한 패턴과 섬세한 마무리를 강조한다.

이러한 특징들은 아르누보 스타일을 전체적으로 정의하며, 우아하고 표현력이 있는 디자인 미학을 창조한다. 이 운동은 역사적인 회귀에서 벗어나 새롭고 현대적인 접근을 채택하려는 시도로, 자연의 아름다움과 장인의 기술을 추구한다.

아르누보 스타일의 주방

/prompt art nouveau style, kitchen --v 6.0 --style raw --s 50

아르누보 스타일의 거실

/prompt art nouveau style, living room --v 6.0 --style raw --s 50

빅토리아 시대의 인테리어 디자인은 화려함, 장식, 그리고 다양한 역사적 영향들의 혼합으로 특징지어진다. 빅토리아 스타일의 세 가지 중요한 특징은 다음과 같다.

1. 풍부한 색상 팔레트

빅토리아 시대의 인테리어는 풍부하고 대담한 색상 팔레트로 유명하다. 버건디(Burgundy), 짙은 황록색(Forest green), 진한 파란색(Deep blue), 그리고 금(Gold) 등 깊고 짙은 색상들이 일반적으로 사용된다. 이러한 색상들은 전반적인 호화로움과 웅장함을 준다. 또한 꽃무늬, 다마스크(Damask) 및 복잡한 디자인의 벽지와 같은 패턴 및 프린트가 종종 색상체계에 통합된다.

/prompt damask pattern of victorian style --v 6.0 --s 50 --style raw

2. 정교한 장식

장식은 빅토리아 디자인의 주요 특징이다. 복잡한 조각, 정교한 패턴 및 디테일한 몰딩이 가구, 벽 및 천장을 장식한다. 꽃무늬 모티프, 두루마리 및 고딕 양식의 트레이서리와 같은 일반적인 장식 요소들을 포함한다. 목표는 정교함을 강조하고 복잡한 디테일을 통해 장인 정신을 보여주는 것이다.

3. 다양한 스타일의 절충

빅토리아 시대의 인테리어는 종종 다양한 역사적 시기로부터 영감을 얻은 다양한 스타일을 절충한다. 고딕 부활, 로코코, 그리고 동양적인 영향을 빅토리아 디자인에서 흔히 볼 수 있다. 가구는 디테일한 조각물과 어두운 나무의 조합으로 구성되며, 무거우면서 튼튼한 조각물이 선호된다. 이 다양한 접근 방식은 빅토리아 인테리어의 다층의 절충된 모습에 기여하였다.

이러한 특징들은 빅토리아 스타일을 전체적으로 정의하며, 화려하면서도 복잡한 인테리어를 만들어낸다. 이 디자인은 빅토리아 시대의 번영과 문화적 영향을 반영하며 역사적 부활과 장식에 대한 갈망을 보여준다.

빅토리안 스타일의 주방

/prompt victorian style, kitchen --v 6.0 --style raw --s 50

빅토리안 스타일의 거실

/prompt victorian style, living room --v 6.0 --style raw --s 50

"모던"과 "모더니즘"은 때로 교환되는 용어로 사용되지만, 인테리어 디자인의 맥락에서는 구별되는 의미를 갖는다. 여기에 모던과 모더니즘 스타일의 세 가지 중요한 특징과 차이점이 있다.

모던 스타일

1. 시대적 범위

모던 스타일은 특별히 20세기 중반, 대략 1920년대부터 1950년대까지의 시기를 나타낸다. 이는 상징적인 디자이너들과 바우하우스(Bauhaus) 운동, 세기 중반의 모던, 스칸디나비아 디자인과 같은 영향을 가진 역사적인 시기이다.

2. 소재와 마감

모던 스타일은 종종 강철, 유리, 콘크리트와 같은 다양한 소재를 활용한다. 가구 디자인은 보편적으로 기능적이며 과도한 장식은 배제한다. 흰색, 회색, 그리고 천연 목재 톤과 같은 중성 색상 팔레트가 모던 인테리어에서 흔하다.

3. 상징적인 디자인

모던 스타일은 찰스&레이 임스(Charles and Ray Eames), 미스 반 데르 로에(Mies van der Rohe), 아르네 야콥센(Arne Jacobsen)과 같은 유명한 중세기 디자이너들의 상징적인 디자인과 관련이 있다. 임스 라운지 체어(Eames Lounge Chair, 172페이지의 두 번째 그림), 바르셀로나 체어(Barcelona Chair, 169페이지의 두 번째 그림), 에그 체어(Egg Chair, 177페이지의 첫 번째 그림)와 같은 조각품들이 모던 디자인의 정수로 여겨진다.

모더니즘 스타일

1. 디자인 철학

모더니즘은 19세기 후반과 20세기 초기에 등장한 보다 광범위한 디자인 철학으로, 인테리어 디자인뿐만 아니라 건축, 미술, 문학 등 여러 분야를 아우르는 것이 특징이다. 이는 전통적인 형태에서 벗어나 기능성, 단순함, 새로운 재료의 사용에 중점을 둔 것이 특징이다.

2. 아방가르드 이상

모더니즘은 종종 확립된 규범에 도전하는 아방가르드적인 이상과 연관이 있다. 불필요한 장식을 거부하며 형태는 기능을 따라야 한다는 개념을 수용한다. 이는 진보, 산업화, 혁신적인 재료의 사용에 대한 신념이 특징이다.

3. 다양한 영향

모더니즘은 바우하우스, 인터내셔널 스타일, 데 스타일(De Stijl)과 같은 다양한 하위운동(Sub-movements)과 스타일을 아우르는 보다 광범위한 운동이다. 모던 스타일은 구체적인 역사적 시기를 나타내는 반면, 모더니즘은 단순함, 기능성 및 전통적 형태에서의 탈피라는 시간이 지남에 따라 다양한 영향과 해석으로 발전한 광범위한 디자인 접근방식이다. 요약하면, 모던 스타일은 20세게 중반의 특정한 시대적 기간을 나타내는 반면, 모더니즘은 단순함, 기능성 및 전통적 형태에서의 탈피에 중점을 둔 다양한 스타일과 운동을 아우르는 광범위한 디자인 철학을 나타낸다. 모던 스타일은 더 광범위한 모더니즘 원칙의 부분이나 그 표현으로 간주될 수 있다.

모더니즘(좌)과 모던(우) 스타일의 차이

/prompt modernism style, living room --v 6.0 --style raw --s 50

/prompt modern style, living room --v 6.0 --style raw --s 50

미래주의적 스타일(Futuristic style)

미래주의적 스타일의 인테리어 디자인은 혁신적인 소재, 최첨단 기술, 그리고 세련된 미학을 포함한 미래지향적인 디자인이 특징이다. 미래주의적 스타일의 세 가지 중요한 특징은 다음과 같다.

1. 혁신적인 소재

미래주의적 인테리어는 보통 인테리어 디자인과 전통적으로 연관이 없는 혁신적인 소재를 사용하는 것이 특징이다. 이는 탄소 섬유, 아크릴, 크롬 및 기타 금속과 같은 소재가 포함될 수 있다. 중요한 것은 현대성과 혁신을 전달하는 소재를 사용하는 것이다.

2. 세련된 유선형의 미학

미래주의적 디자인은 세련되고 유선형의 미학을 선호하며, 깔끔한 선과 부드러운 표면을 강조한다. 가구와 건축 요소는 주로 미니멀리즘과 기하학적 디자인을 가지고 있다. 전체적인 외관은 단순함과 효율성에 의해 특징지어진다.

3. 기술의 통합

미래주의적 인테리어는 진보된 기술을 디자인에 매끄럽게 통합한다. 이는 스마트 홈 시스템, 상호작용 가능한 외관, 혁신적인 조명 솔루션을 포함할 수 있다. 가구는 빌트인 기술을 포함할 수 있고, 조명 기구는 미래주의적이고 조각적인 디자인을 가질 수 있다. 목표는 기술적으로 진보하고 현대적인 발전에 부합하는 공간을 조성하는 것이다.

이러한 특징들은 진보, 혁신, 그리고 미래주의의 관점을 구현하는 인테리어 디자인을 형성한다. 이 디자인은 종종 전통적인 규범에서 벗어나서 미래의 모습에 대한 비전을 받아들인다.

미래주의적 스타일의 주방

/prompt futuristic style, kitchen --v 6.0 --style raw --s 50

미래주의적 스타일의 거실

/prompt futuristic style, living room --v 6.0 --style raw --s 50

신미래주의적 스타일(Neofuturistic style)

신미래주의적 스타일의 인테리어 디자인은 진보적 기술, 혁신적인 형태, 그리고 미래에 대한 현대적인 비전을 반영하는 미래지향적인 미학이 특징이다. 신미래주의적 스타일의 세 가지 중요한 특징은 다음과 같다.

1. 혁신적인 형태와 구조

신미래주의적 인테리어는 종종 관습을 벗어나고 혁신적인 형태와 구조를 특징으로 한다. 건축 요소와 가구는 대담하고, 기하학적 형태, 비대칭 디자인 및 아방가르드한 구조를 포함할 수 있다. 주목할 만한 점은 시각적으로 두드러지고 전통적인 디자인 관습에 반하는 독특한 형태를 창출하는 것이다.

2. 기술의 통합

기술은 신미래주의적 디자인에서 중요한 역할을 한다. 인테리어에는 스마트 홈 시스템, 상호 작용 가능한 외관, 진보한 조명 솔루션 등이 포함될 수 있다. 반사 및 금속의 마감소재가 미래지향적인 느낌을 주기위해 자주 사용된다. 기술의 통합은 기능적일 뿐만 아니라 전체적인 미래지향적 분위기에 기여한다.

3. 지속 가능하고 친환경적 요소

신미래주의적 디자인은 종종 환경에 대한 현대의 우려를 반영하여 지속 가능하고 친환경적인 요소를 포함한다. 재활용 소재의 사용, 에너지 효율적인 조명, 친환경적 가구 디자인 등이 이에 포함될 수 있다. 첨단 기술과 친환경적 특징의 결합은 디자인에 있어 미적인 측면뿐만 아니라 지속 가능성을 고려하는 진보적인 접근을 나타낸다. 이러한 특징들은 신미래주의적 스타일을 종합적으로 정의하며, 진보적인 기술을 수용할 뿐만 아니라 전통적인 디자인 경계를 재정의하고자 한다. 인테리어 디자인에서의 신미래주의는 혁신과 진보의 정신을 포착하며 동시에 현대 사회의 변화하는 요구와 가치를 반영한다.

미래주의적 스타일과 신미래주의적 스타일

둘 다 현대성과 혁신에 초점을 맞추고 있지만 신미래주의적 디자인은 유기적인 형태와 예술적인 요소 그리고 더 실험적인 접근법을 도입하여 전통적인 미래주의적 디자인의 더 단순하고 산업적인 미학과는 구분된다.

신미래주의적 스타일의 주방

/prompt neofuturistic style, kitchen --v 6.0 --style raw --s 50

신미래주의적 스타일의 거실

/prompt neofuturistic style, living room --v 6.0 --style raw --s 50

아프리카 미래주의적 스타일의 인테리어 디자인은 아프리카 유산, 미래지향적인 요소, 그리고 흑인 문화 의식의 독특한 조합으로 특징지어진다. 아프리카 미래주의 스타일의 세 가지 중요한 특징은 다음과 같다.

1. 문화적 융합

아프리카 미래주의적 디자인은 전통적인 아프리카 요소와 미래지향적인 미학의 융합을 포함한다. 이 융합은 주로 다양한 아프리카 문화에서 영감을 받은 패턴, 질감 및 모티프를 통합한다. 전통적인 상징, 생동감 있는 색상, 문화적인 유물들이 현대적이고 미래지향적인 디자인 개념에 자연스럽게 통합된다.

/prompt patterns, textures, motifs, inspired by African --v 6.0 --s 50 --style raw

2. 대표성(Empowerment)과 표현

아프리카 미래주의는 흑인 문화를 긍정적인 관점에서 표현하고 대표하고자 한다. 인테리어 공간은 종종 흑인 정체성과 유산을 기념하는 예술 작품, 조각품 및 장식품을 특징으로 한다. 디자인은 종종 문화적 표현의 형태로 작용하며, 아프리카와 아프리카 디아스포라 경험의 풍부함과 다양성을 강조한다.

3. 미래지향적인 요소

아프리카 미래주의적 디자인은 문화적 전통에 뿌리를 두고 있지만 동시에 혁신과 진보의 감각을 표현하기 위해 미래지향적인 요소를 포함한다. 이는 현대적인 소재, 매끄러운 선, 디자인에 통합된 진보한 기술과 같은 것을 포함할 수 있다. 아프리카 미래주의 인테리어는 종종 관습적인 디자인 규범에 도전하며 독특하고 미래지향적인 시각을 제시한다.

이러한 특징들은 아프리카 미래주의적 스타일을 정의하며, 아프리카 유산과의 연결성을 보여줄 뿐만 아니라 그 유산이 현대적인 디자인에 어떻게 통합되고 기념되는지에 대한 구상을 보여준다.

아프리카 미래주의 스타일의 주방

/prompt afrofuturistic style, kitchen --v 6.0 --style raw --s 50

아프리카 미래주의 스타일의 거실

/prompt afrofuturistic style, living room --v 6.0 --style raw --s 50

고전주의 스타일(Classicism style)

인테리어 디자인에서의 클래식주의 스타일은 고대 그리스와 로마의 예술과 건축에서 영감을 받은 원칙을 고수하는 것으로 특징지어진다. 이는 종종 대칭, 질서 및 시대를 초월한 우아함을 강조한다. 클래식주의 스타일의 세 가지 중요한 특징은 다음과 같다.

1. 대칭과 균형

고전주의는 인테리어 디자인에서 대칭과 균형을 강조한다. 공간은 종종 요소가 한쪽에 있으면 다른 쪽에도 그것과 대칭하는 요소를 반영하는 원칙으로 구성된다. 이것은 균형 있고 조화로운 시각적 구성을 만들어내어 고대 건축에서 온 비례와 대칭의 고전적 이상을 반영한다.

2. 건축 디테일

고전주의는 고대 그리스와 로마 디자인에서 영감을 받은 정교한 건축 디테일을 포함한다. 여기에는 기둥(Column, 083페이지의 첫 번째 그림), 필라스터(Pilaster, 083 페이지의 두 번째 그림), ❶코니스(Cornice), ❷몰딩(Molding)과 같은 특징이 있다. 이러한 건축적인 요소들은 실내에 웅장함과 세련미를 더하는 데 자주 사용된다. 특히, 도릭(Doric), 이오닉(Ionic), 코린티안(Corinthian) 양식들이 기둥에 사용될 수 있다.

❶ **/prompt** a cornice of acient greek architecture --v 6.0 --s 50 --style raw
❷ **/prompt** a molding of acient greek architecture --v 6.0 --s 50 --style raw

3. 중립성과 무한성

고전주의는 종종 흰색, 베이지, 크림 및 차분한 어스톤(Muted earth tones)을 특징으로 하는 중성적인 색상 팔레트를 선호한다. 이는 시대를 초월하고 절제된 우아함의 느낌을 강조한다. 그리스의 주요 패턴이나 고대 신화에서 영감받은 모티프와 같은 고전적인 소재의 사용은 고전주의 스타일의 영구적이고 세련된 특성을 더욱 강화한다. 이러한 특징들은 클래식주의 스타일을 종합적으로 정의하며, 질서, 균형 및 고전적인 아름다움의 느낌을 자아내는 인테리어를 만든다.

고전주의 스타일의 주방

/prompt classicism style, kitchen --v 6.0 --style raw --s 50

고전주의 스타일의 거실

/prompt classicism style, living room --v 6.0 --style raw --s 50

신고전주의 스타일(Neoclassicism style)

인테리어 디자인에서의 신고전주의 스타일은 18세기에 나타난 고전적인 원칙들의 부활으로, 고대 그리스와 로마 미학에서 영감을 받았다. 주로 대칭의 균형, 엄격한 장식, 그리고 고전적인 건축 요소에 중점을 둔다. 신고전주의 스타일의 세 가지 중요한 특징은 다음과 같다.

1. 대칭과 질서

신고전주의 인테리어는 대칭과 질서를 우선시한다. 방은 종종 대칭적인 배치로 설계되어 균형감을 조성한다. 이 대칭의 고수는 고대 그리스와 로마의 고전적인 건축에서 기인한 것으로, 비례과 균형이 매우 중요하게 여겨진다. 가구 배치, 건축적인 특징, 장식적인 요소는 모두 조화롭고 균형 있는 디자인을 형성한다.

2. 고전적인 건축 요소

신고전주의는 실내 디자인에 고전적인 건축 요소를 포함한다. 여기에는 그리스와 로마 디자인에서 영감을 받은 기둥, 필라스터, 코니스, 프리즈(Friezes) 등이 포함된다. 기둥은 주로 도릭, 이오닉, 코린티안 양식이다. 이러한 건축 디테일은 공간에 웅장함과 세련미를 더하여 고전적인 세계에 대한 경외의 표현이 된다.

3. 절제된 장식

신고전주의 인테리어는 장식에 엄격한 접근을 보여준다. 장식적인 요소는 일반적으로 미묘하고 과도한 장식은 피한다. 세련된 선, 단순함, 정제된 느낌을 강조한다. 월계관, 고전적인 프리즈와 몰딩과 같은 모티프는 공간 전반의 우아함을 높이기 위해 사용이 절제되었다.

이러한 특성들은 신고전주의 스타일을 종합적으로 정의하며, 그리스와 로마의 고전적인 이상을 불러일으키는 공간을 만든다. 이 스타일은 18세기 유럽 미학의 감성에 고대건축의 영원한 아름다움과 균형을 담아낸다.

고전주의 스타일과 신고전주의 스타일

고전주의와 신고전주의는 고전의 토대를 공유하지만, 신고전주의는 바로크 양식의 정교한 장식에 대한 반작용으로 출현한 더 절제되고 단순한 부활을 나타내는 반면에 고전주의는 더 화려하고 정교한 디자인 철학을 수용한다.

신고전주의 스타일의 주방

/prompt neoclassicism style, kitchen --v 6.0 --style raw --s 50

신고전주의 스타일의 거실

/prompt neoclassicism style, living room --v 6.0 --style raw --s 50

인테리어 디자인에서의 브루탈리즘 스타일은 20세기 중반에 등장하여 원시적이고 정직한 재료의 표현, 대담한 기하학적 형태, 그리고 기능성에 중점을 둔 것으로 알려져있다. 브루탈리즘 스타일의 인테리어 디자인의 세 가지 중요한 특징은 다음과 같다.

1. 노출된 원자재

브루탈리스트 인테리어는 일반적으로 콘크리트, 벽돌, 강철과 같은 원자재 및 마감하지 않은 재료의 사용을 특징으로 한다. 이러한 소재는 노출되어 자연스러운 질감과 불완전함을 보여준다. 소재의 진짜 본질을 지나치게 다듬거나 가리지 않고 드러나게 하는 것이 중요시된다.

2. 대담한 기하학적 형태

브루탈리스트 디자인은 대담하고 인상적인 기하학적 형태가 특징이다. 공간은 거대하고 각진 구조물, 조각적인 요소 및 거친 표면이 포함될 수 있다. 기하학적 형태에 대한 강조는 디자인에서 강인함과 견고함의 느낌을 준다. 이러한 형태의 삭막함은 시각적으로 충격을 주며 인테리어의 전반적인 특징을 정의한다.

3. 기능적 미학

브루탈리즘은 디자인에서 기능을 우선시한다. 가구와 건축 요소는 종종 목적을 염두에 두고 디자인되며, 그 형태는 실용적 미학을 따른다. 디자인은 실용적인 요구를 충족시키는 데 중점을 두면서도 어느 정도의 산업적이거나 브루탈한 미학을 유지한다. 장식보다 기능이 우선시되어 디자인에 직접적이고 솔직한 접근으로 이끈다.

이러한 특징들은 인테리어 디자인에서 브루탈리즘 스타일을 정의하며, 원시적이고 강력한 미학을 발산하는 공간을 창출한다. 브루탈리즘은 현대 건축과 디자인을 형성하는 데 있어서 소재의 솔직한 사용과 형태와 기능에 대한 실용적인 접근을 강조하여 영향력을 끼쳤다.

브루탈리즘 스타일의 주방

/prompt brutalism style, kitchen --v 6.0 --style raw --s 50

브루탈리즘 스타일의 거실

/prompt brutalism style, living room --v 6.0 --style raw --s 50

미니멀리즘 스타일(Minimalism style)

인테리어 디자인에서의 미니멀리즘 스타일은 단순함, 필수적인 요소에 집중, 그리고 깨끗하고 정돈된 미학으로 특징지어진다. 미니멀리즘 스타일의 세 가지 중요한 특징은 다음과 같다.

1. 단순함

미니멀리스트 인테리어는 형태와 기능에서 단순함을 강조한다. 공간은 최소한의 가구, 장식 및 액세서리로 디자인된다. 불필요한 디테일은 제거되며, 디자인은 필수적인 요소에 중점을 둔다. "적은 것이 더 많다"(Less is more)라는 문구가 미니멀리스트의 접근방식을 잘 나타내며, 이는 평온하고 명료한 느낌을 조성한다.

2. 중성적인 색상 팔레트

미니멀리스트 인테리어는 주로 흰색, 회색, 그리고 어스톤과 같은 중성적인 색상 팔레트를 사용한다. 이 선택은 평온하고 지나치지 않은 분위기를 조성한다. 중성적인 색상은 일관되고 절제된 외관을 만들어내며, 디자인의 단순함과 공간의 기능성에 중점을 두고 있다.

3. 깔끔한 선과 기하학적 형태

미니멀리즘은 깔끔한 선과 기하학적 형태를 포함한다. 가구와 건축 요소는 종종 직선과 단순하며 명확한 형태로 특징 지어진니다. 기하학적인 형태의 사용은 질서와 정확성의 느낌을 준다. 디자인의 단순함은 화려한 디테일을 피하고 단순하고 기하학적인 미학을 채택함으로써 향상된다. 이러한 특징들은 인테리어 디자인에서 미니멀리즘 스타일을 종합적으로 정의하며, 평온함, 개방성 및 기능성을 촉진하는 공간을 만든다. 미니멀리스트 디자인은 풍성한 장식 대신 고품질의 목적에 맞는 아이템을 선별하는 것에 의존한다.

이러한 접근 방식은 시각적으로 깨끗하고 조직적인 환경을 구성하면서 필수적인 요소의 아름다움을 강조한다.

미니멀리즘 스타일의 주방

/prompt minimailism style, kitchen --v 6.0 --style raw --s 50

미니멀리즘 스타일의 거실

/prompt minimailism style, living room --v 6.0 --style raw --s 50

인테리어 디자인에서의 맥시멀리즘 스타일은 대담하고 호화롭고 절충적인 접근으로, 다양한 색상, 패턴, 질감, 그리고 장식적인 요소들을 포용하는 것이 특징이다. 맥시멀리즘 스타일의 세 가지 중요한 특징은 다음과 같다.

1. 풍부한 색상 팔레트

맥시멀리스트 인테리어는 풍부하고 생동감 있는 색상 팔레트로 알려져 있다. 차분한 톤에 집착하는 대신 맥시멀리즘은 넓은 범위의 색상을 포함한다. 이것은 보석 색상, 금속 색상, 강렬한 색상 등의 대담하고 대조적인 조합이 포함될 수 있다. 다양한 색상을 활용함으로써 시각적으로 자극적이고 다이내믹한 환경을 조성하는 것이 목표이다.

2. 패턴과 질감의 혼합

맥시멀리즘은 다양한 패턴과 질감의 병치로 발전한다. 맥시멀리스트 공간에서는 꽃무늬, 줄무늬, 동물 프린트, 기하학적인 형태 등 다양한 패턴이 공존한다. 더불어 벨벳, 실크, 모피, 다양한 마감재 등 다른 질감이 함께 사용되어 공간 전체의 감각적인 풍요로움에 기여한다. 이러한 절충적인 혼합은 호화롭고 시각적으로 흥미로움을 조성한다.

3. 장식적인 요소의 풍부함

맥시멀리스트 인테리어는 장식적인 요소의 풍부함이 특징이다. 화려한 가구, 예술 작품, 복잡한 조명 및 다양한 액세서리들이 사용된다. 공간은 일반적으로 독특하고 눈에 띄는 아이템들로 가득하며, 전체적으로 절충적이고 호화로운 분위기를 조성한다. 맥시멀리즘은 "많은 것이 더 많다"는 개념(More is more)을 받아들여, 엄선한 다양한 장식 아이템의 컬렉션을 만든다.

이러한 특성들은 인테리어 디자인에서 맥시멀리즘 스타일을 정의하며, 대담하고 표현적이며 풍족한 느낌의 공간을 창출한다. 맥시멀리즘은 미니멀리즘과 대조적으로 더 많은 것을 추구하며, 개인적인 취향의 개별적이고 절충적인 표현을 할 수 있도록 한다.

맥시멀리즘 스타일의 주방

/prompt maximalism style, kitchen --v 6.0 --style raw --s 50

맥시멀리즘 스타일의 거실

/prompt maximalism style, living room --v 6.0 --style raw --s 50

추상적 스타일(Abstract style)

인테리어 디자인에서의 추상 스타일은 비구상적(Non-representational)이고, 종종 기하학적이거나 유기적인 형태를 특징으로 하며, 디자인 요소를 통해 아이디어나 감정을 표현하는 것에 초점을 둔다. 인테리어 디자인에서의 추상 스타일의 세 가지 중요한 특징은 다음과 같다.

1. 비구상적인 형태

추상적인 인테리어는 직설적인 묘사를 피하고 대신에 비구상적인 형태를 특징으로 한다. 이에는 기하학적인 형태, 유동적인 선 및 실제 사물을 직접적으로 모방하지 않은 추상적인 패턴이 포함될 수 있다. 현실성을 넘어서 해석과 표현을 허용하는 시각적 언어를 창출하는 데 중점을 둔다.

2. 대담한 색상 사용

추상 디자인은 대개 대담하고 생동감 넘치는 색상울 사용한다. 색상은 예상치 못한 조합으로 사용되거나 자연적인 색상 계획을 직접적으로 모방하지 않는 방법으로 적용될 수 있다. 목표는 감정을 자극하거나 공간 내에서 특정 분위기를 조성하는 것이다. 추상 인테리어는 대조적인 색상, 그라데이션 또는 단색의 팔레트를 통해 원하는 시각적 효과를 얻을 수 있다.

3. 표현적이고 예술적인 요소

인테리어 디자인에서의 추상 스타일은 종종 표현적이고 예술적인 요소를 통합한다. 이에는 추상화된 회화, 조각 또는 다른 형태의 예술 작품이 포함될 수 있으며, 이는 전반적인 미학에 기여한다. 가구와 장식품 역시 예술적인 디자인, 독특한 형태 또는 비관습적인 소재 등을 통해 공간에 창의적이고 개성적인 터치를 더할 수 있다.

이러한 특성들은 인테리어 디자인에서 추상 스타일을 정의하며, 비구상적인 형태와 예술적 표현을 통해 해석을 유도하고 감정을 자극하는 공간을 창출한다. 추상 디자인은 높은 수준의 창의성과 개인화를 허용하여 독특하고 생각을 자극하는 인테리어를 만들 수 있게 한다.

추상적 스타일의 주방

/prompt abstract style, kitchen --v 6.0 --style raw --s 50

추상적 스타일의 거실

/prompt abstract style, living room --v 6.0 --style raw --s 50

사이버펑크 스타일(Cyberpunk style)

인테리어 디자인에서의 사이버펑크 스타일은 미래지향적이고 디스토피아(Dystopian)적이고 하이테크한 요소에서 영감을 끌어낸다. 사이버펑크 스타일의 인테리어 디자인에서의 세 가지 중요한 특징은 다음과 같다.

1. 하이테크 미학

사이버펑크 인테리어는 ❶LED 조명, ❷홀로그래픽 디스플레이, 미래의 장치와 같은 하이테크 미학을 특징으로 한다. 진보한 기술과 현대적인 재료의 사용이 미래지향적이고 첨단적인 분위기를 조성한다. 네온 라이트, 강조된 빛, 매끄러운 표면 등이 일반적이며, 기술적으로 진보된 분위기를 형성한다.

❶ **/prompt** led lighting of cyberpunck style --v 6.0 --s 50 --style raw
❷ **/prompt** holographic display of cyberpunck style --v 6.0 --s 50 --style raw

2. 산업 및 도시 요소

사이버펑크 디자인은 산업적이고 도시적인 요소를 통합하여 거칠고 디스토피아적인 분위기를 조성한다. 노출된 파이프, 콘크리트 표면, 금속 구조물이 일반적인 특징이다. 하이테크와 산업적인 요소의 혼합은 사이버펑크 미학의 특징인 도시붕괴를 배경으로 첨단 기술의 병치를 나타낸다.

3. 미래지향적인 가구와 장식

사이버펑크 인테리어는 과학 소설에서 영감을 받은 미래적인 가구와 장식을 자주 보여준다. 매끈하고 각진 가구 디자인, 금속 마감, 독특한 형태가 포함될 수 있다. 또한, 사이버펑크에 영감을 받은 예술품, 추상적인 조각, 독특하고 아방가르드한 것 등이 전체의 미래지향적이고 엣지 있는 분위기를 형성한다. 이러한 특징들은 인테리어 디자인에서 사이버펑크 스타일을 정의하며, 기술적으로 진보했으나 디스토피아적인 미래의 비젼을 반영한 공간을 만들어낸다. 이 스타일은 기술, 도시 풍경, 사이버펑크 문학과 영화에서 자주 묘사되는 거칠고 미래적인 분위기로부터 영향을 받는다.

사이버펑크 스타일의 주방

/prompt cyberpunk style, kitchen --v 6.0 --style raw --s 50

사이버펑크 스타일의 거실

/prompt cyberpunk style, living room --v 6.0 --style raw --s 50

"Dymaxion"은 혁신적인 아이디어로 널리 알려진 건축가, 발명가, 공상가인 버크민스터 풀러(Buckminster Fuller)의 디자인 철학을 의미한다. "Dymaxion"이라는 용어는 "Dynamic", "Maximum", "ion"을 결합한 것으로, 풀러의 목표는 최대의 효율성과 역동성을 창출하는 것이다. 인테리어 디자인에서 다이맥시온 스타일의 세 가지 중요한 특징은 다음과 같다.

1. 지오데식 돔

다이맥시온 디자인의 가장 상징적인 특징 중 하나는 지오데식 돔(Geodesic dome)의 사용이다. 이 돔은 구 형태의 구조를 이루는 삼각형의 조직을 기반으로 한다. 지오데식 돔은 가벼우면서도 튼튼하며, 재료의 효율적인 사용을 제공한다. 인테리어 디자인에서는 이러한 돔이 혁신적이고 에너지 효율적인 거주 공간이나 구조물로 사용될 수 있다.

/prompt geodesic dome --v 6.0 --s 50 --style raw

2. 효율성과 기능성

다이맥시온(Dymaxion) 디자인은 효율성과 기능성을 강조한다. 공간은 유용성을 극대화하고 낭비를 최소화하도록 설계된다. 이 철학은 더 적은 것으로 더 많은 것을 달성하고, 자원의 사용을 최적화하며, 다양한 목적을 수행하는 환경을 만드는 것을 중심으로 다룬다. 가구와 레이아웃은 모듈형 및 다기능적인 요소로 설계되어 다양한 요구에 적응할 수 있다.

3. 재료의 혁신적인 사용

다이맥시온 스타일은 가볍고 오래 견디며 지속 가능한 디자인을 창출하기 위해 재료의 혁신적인 사용을 포함한다. 풀러는 효율적이고 환경 친화적인 구조물을 만들기 위해 첨단 재료와 기술을 사용하고자 했다. 이것은 그의 디자인 목표를 달성하기 위하여 가벼운 금속, 장력 구조물 및 기타 최첨단 재료의 사용을 포함할 수 있다. 이러한 특징들은 인테리어 디자인에서 다이맥시온 스타일을 정의하며, 효율성, 혁신 및 디자인의 전체론적인 관점을 결합한 미래지향적인 접근방식을 반영한다.

다이맥시온 스타일의 주방

/prompt dymaxion style, kitchen --v 6.0 --style raw --s 50

다이맥시온 스타일의 거실

/prompt dymaxion style, living room --v 6.0 --style raw --s 50

파라메트릭 스타일(Parametric style)

인테리어 디자인에서의 파라메트릭 스타일은 파라메트릭 디자인 원리를 사용하며 유연하고 동적인 디자인 요소를 만들기 위하여 알고리즘과 수학 방정식을 사용하는 것이 특징이다. 파라메트릭 스타일의 인테리어 디자인에서의 세 가지 중요한 특징은 다음과 같다.

1. 알고리즘 디자인

파라메트릭 디자인은 알고리즘과 수학 방정식을 사용하여 디자인 요소를 생성한다. 이러한 알고리즘은 복잡하고 가변적이며 상호 연결된 형태를 만들어 낸다. 디자인에서 알고리즘의 사용은 높은 수준의 사용자화가 가능하며 이것은 다양한 결과를 얻기 위하여 파라미터(Parameter)를 조작함으로써 전통적인 기하학적 형태를 넘어 복잡하고 혁신적인 패턴을 만드는 디자인 과정으로 이어진다.

/prompt parametric design --v 6.0 --s 450 --style raw

2. 유연성과 적응성

파라메트릭 디자인은 디자인 과정에서 유연성과 적응성을 강조한다. 파라미터를 조정함으로써 다양한 공간 요구사항이나 미적 취향에 맞추어 디자인의 변화를 만들어 낼 수 있다. 이러한 적응성은 공간이 다양한 기능을 수행하거나 시간이 지남에 따라 변화하는 요구에 대응할 수 있도록 하며, 환경 조건이나 사용자 상호작용에 동적으로 반응하여 공간의 전반적인 기능성을 향상시킨다.

3. 유기적이고 유동적인 형태

파라메트릭 스타일은 종종 유기적이고 유동적인 형태의 생성으로 이어진다. 알고리즘의 사용은 자연적인 패턴을 모방하는 복잡하고 곡선 형태의 생성을 가능하게 한다. 전통적인 직선적 형태에서 탈피하여 실내공간에 역동성과 시각적 흥미를 유발할 수 있다. 파라메트릭 디자인의 유기적 형태의 모방 능력은 더 엄격하고 전통적인 디자인 접근방식과는 대조된다. 이러한 특징들은 전통적인 디자인 방법에서 벗어나 보다 동적이고 적응적이며 혁신적인 방식으로 내부 공간을 만들 수 있는 접근 방식을 제공한다.

파라메트릭 스타일의 주방

/prompt parametric style, kitchen --v 6.0 --style raw --s 50

파라메트릭 스타일의 거실

/prompt parametric style, living room --v 6.0 --style raw --s 50

바이오모픽 스타일 (Biomorphic style)

인테리어 디자인에서의 바이오모픽 스타일은 유기적이고 자연적인 형태에서 영감을 끌어낸다. 바이오모픽 스타일의 인테리어 디자인에서의 세 가지 중요한 특징은 다음과 같다.

1. 유기적인 형태

바이오모피즘(Biomorphism)은 자연에서 영감을 받은 유기적이고 곡선적인 형태의 사용이 특징이다. 인테리어 디자인에서는 이것이 식물, 꽃 또는 인체에서 찾을 수 있는 흐르는 형태와 불규칙한 형상을 모방한 가구, 집기 또는 건축 요소로 나타날 수 있다. 구불구불한 가구 윤곽, 구부러진 벽 패턴, 또는 불규칙한 모양의 장식품 등이 이에 해당한다.

2. 자연 재료

바이오모픽 디자인은 종종 유기적인 공간의 느낌을 강화하기 위해 자연 소재를 포함시킨다. 나무, 돌, 대나무 및 자연에서 파생된 기타 소재는 가구, 바닥재 또는 장식적인 요소를 만드는 데 사용될 수 있다. 목표는 자연의 질감과 색상을 실내로 가져와 환경과의 연결성을 유도하는 것이다.

3. 바이오필릭 디자인 요소

자연을 건축 환경에 통합하려는 바이오필릭 디자인(Biophilic design) 원칙은 종종 바이오모픽 인테리어에 통합된다. 이는 실내 식물, 수경 시설 또는 자연광 전략의 사용으로 생물학적으로 더욱 통합되고 조화로운 분위기를 조성한다. 바이오필릭 요소는 실내 공간에서 자연과의 연결을 통하여 거주자의 전반적인 복지를 증진시킨다.

/prompt biophilic design --v 6.0 --s 50 --style raw

이러한 특징들은 인테리어 디자인에서 바이오모픽 스타일을 정의하며, 자연과 유동성의 감각을 불러일으키는 공간을 만든다. 이 스타일은 자연계에서 발견되는 불완전함과 불규칙성을 받아들이며 보다 구조화되고 기하학적인 디자인 접근과는 대조를 이룬다. 바이오모피즘은 더 유기적이고 안정적인 미학을 통해 실내 공간의 경계 내에서 자연 환경과의 연결을 촉진한다.

바이오모픽 스타일의 주방

/prompt biomorphic style, kitchen --v 6.0 --style raw --s 50

바이오모픽 스타일의 거실

/prompt biomorphic style, living room --v 6.0 --style raw --s 50

인테리어 디자인에서의 로맨틱 스타일은 부드러움, 우아함, 그리고 향수에 중점을 둔 것이 특징이다. 인테리어 디자인에서의 로맨틱 스타일의 세 가지 중요한 특징은 다음과 같다.

1. 부드럽고 온화한 색상

로맨틱 인테리어는 종종 부드럽고 연한 색상의 팔레트를 특징으로 한다. 파스텔 톤, 연한 중성색, 연한 색조의 핑크, 라벤더, 아이보리 등의 색상이 흔히 사용된다. 이러한 색상들은 평온하고 안정된 분위기를 조성하여 친밀하고 매력적인 공간을 만든다. 또한 꽃무늬나 섬세한 프린트는 로맨틱 인테리어에서 직물과 벽지를 위한 인기있는 선택이다.

2. 고급스러운 직물과 질감

로맨틱한 스타일은 고급스럽고 촉감있는 직물의 사용이 중요한 특징이다. 고급 장식품, 실크(Silk), 새틴(Satin), 벨벳(Velvet) 등이 가구와 장식에 사용된다. ❶레이스(Lace), ❷자수(Embroidery), ❸주름장식(Ruffles) 등의 질감은 화려함을 더한다. ❹드레이프 커튼(Draped curtain), ❺캐노피(Canopies), 부드러운 담요와 같은 여러 겹의 직물이 따뜻하고 편안한 느낌을 만들어낸다. 부드러움과 편안함에 중점을 두어 전반적으로 로맨틱한 분위기를 향상시킨다.

❶ **/prompt** close-up view, <u>lace</u> of silk curtain, romantic style --v 6.0 --s 50 --style raw
❷ **/prompt** close-up view, <u>embroidery</u> of silk curtain, romantic style --v 6.0 --s 50 --style raw
❸ **/prompt** close-up view, <u>ruffle</u> of silk curtain, romantic style --v 6.0 --s 50 --style raw

④ **/prompt** draped curtain, romantic style --v 6.0 --s 50 --style raw
⑤ **/prompt** canopy bed, romantic style --v 6.0 --s 50 --style raw

3. 빈티지와 앤티크 요소

로맨틱 인테리어는 종종 빈티지나 앤티크한 가구와 장식 요소를 포함한다. 화려한 디테일, 복잡한 조각, 클래식한 가구는 시대를 초월하고 향수적인 느낌을 불러일으킨다. 샹들리에, 거울, 액자에 넣은 예술품과 같은 빈티지에서 영감을 받은 액세서리는 세련미를 더한다. 이러한 요소들의 조합은 과거로의 회기를 느끼게하며 낭만적이고 감성적인 분위기를 조성한다. 이러한 특징들은 인테리어 디자인에서 낭만적인 스타일을 정의하며, 우아함, 매력, 친밀함을 발산하는 공간을 만든다. 이 스타일은 부드러운 색상, 고급스런 질감, 그리고 낭만과 우아함을 일으키는 빈티지한 요소를 활용하여 몽환적이고 향수를 불러일으키는 분위기를 만든다.

로맨틱 스타일의 주방과 거실

/prompt romantic style, kitchen --v 6.0 --style raw --s 50

/prompt romantic style, living room --v 6.0 --style raw --s 50

인테리어 디자인에서의 솔라펑크 스타일은 지속 가능성, 친환경성, 긍정적인 미래에 대한 비젼으로부터 영감을 받는다. 인테리어 디자인에서 솔라펑크 스타일의 세 가지 중요한 특징은 다음과 같다.

1. 자연 요소와 바이오필리아

솔라펑크 인테리어는 종종 자연적인 요소와 강력한 바이오필리아(Biophilia)와의 연결을 포함한다. 이것은 실내 식물, ❶식생 벽(Living wall), 그리고 대나무 또는 재활용 목재와 같은 지속 가능한 재료의 사용을 포함할 수 있다. 목표는 외부를 실내에 끌어들이는 공간을 만들고, 자연과의 웰빙과 조화를 촉진하는 것이다. 많은 자연광과 녹색 자연를 받아들일 수 있는 큰 창문 또한 솔라펑크 인테리어에서는 흔히 볼 수 있다.

2. 재생가능 에너지 통합

이름 그대로 솔라펑크 디자인은 재생 에너지원을 포함한다. 실용적이면서도 미적으로도 매력적인 ❷태양 전지판(Solar panels)이 디자인에 통합될 수 있다. 이는 태양 에너지를 활용한 조명, 전자기기용 태양열 충전기, 더 나아가 에너지를 생산하는 바닥재와 같은 발전된 기술까지 다양할 수 있다. 핵심은 지속 가능한 에너지 솔루션을 실내의 중요한 부분으로 강조하는 것이다.

❶ **/prompt** living wall --v 6.0 --s 50 --style raw

❷ **/prompt** solar panels, both functional and aesthetically pleasing, integrated into the design --v 6.0 --s 50 --style raw

3. 재활용 및 재사용 가구

지속 가능성은 솔라펑크 디자인에서의 핵심 원칙 중 하나이며, 이는 가구의 선택에도 영향을 끼친다. 재활용 및 폐품 회수된 소재로 만들어진 업사이클링 및 용도 변경된 가구들이 일반적인 특징이다. 이것은 폐기물과 환경 영향을 줄이면서 독특하고 수공 또는 공예작품을 추가하는 것이다. 이 접근법은 창조적이고 지속 가능하며, 사용 가능한 자원을 최대한 활용하는 솔라펑크의 정신과 일치한다.

이러한 특성들은 인테리어 디자인에서 솔라펑크 스타일을 정의하며, 미래지향적이며, 디자인이 더 지속 가능하고 환경을 의식하는 라이프스타일에 어떻게 기여할 수 있는지를 보여준다.

솔라펑크 스타일의 주방과 거실

/prompt solarpunk style, kitchen --v 6.0 --style raw --s 50

/prompt solarpunk style, living room --v 6.0 --style raw --s 50

초현실적 스타일(Surreal style)

인테리어 디자인에서의 초현실주의 스타일은 상상력이 넘치고 몽환적이며, 종종 현실에 도전하는 독특한 요소가 특징이다. 초현실주의 스타일 인테리어 디자인의 세 가지 중요한 특징은 다음과 같다.

1. 기발하고 비전투적인 형태

초현실주의 인테리어는 전통적인 디자인 규범에 도전하는 기발하고 독특한 형태가 특징이다. 가구, 집기, 건축 요소는 과장된 형태, 왜곡된 비율 또는 재료의 일반적이지 않은 조합을 가질 수 있다. 이것은 경이로움을 만들어내고, 보는 사람의 기대에 도전하며 공간 안의 환상적인 세계로 초대한다.

2. 색상과 패턴의 재미있는 활용

초현실주의 디자인은 종종 색상과 패턴을 재미있고 대담하게 활용한다. 생동감 있고 대조적인 색 구성, 예상치 못한 색상 조합, 기하학적 또는 추상적인 패턴은 초현실적 분위기를 형성한다. 목표는 감정을 일으키고 상상력을 자극하는 시각적으로 자극적인 환경을 만드는 것이다. 초현실주의 인테리어는 공간에 역동성과 에너지를 더하는 예상치 못한 색상조합과 패턴을 활용할 수 있다.

3. 환영과 광학적 트릭

비현실감을 만들기 위하여 종종 환영과 광학적 트릭을 활용한다. 이는 무한한 반사를 만들기 위해 거울(Mirrors)을 사용하거나 눈을 속이기 위한 착시화(Trompe-l'oeil painting), 또는 공간 인식에 도전하는 시각적 환영(Optical illusion) 등을 포함할 수 있다. 시각적 인식을 조작함으로써 초현실주의 디자인은 공간에 신비하고 흥미로운 요소를 추가하여 공간과 더 깊게 상호작용하도록 유도한다.

① **/prompt** mirrors, creating infinite reflection --v 6.0 --s 50 --style raw
② **/prompt** trompe-l'oeil painting --v 6.0 --s 50 --style raw
③ **/prompt** optical illusion, challenging spatial perception --v 6.0 --s 50 --style raw

이러한 특징들은 인테리어 디자인에서 초현실주의 스타일을 정의하며, 경이로움과 탐험을 장려하는 공간을 만든다. 초현실 인테리어는 전통적인 디자인 원칙에 도전하여 보는 사람이 예상치 못한 창의적인 방식으로 현실이 재해석되는 몽환적이고 상상력이 풍부한 환경을 경험하도록 한다.

초현실적 스타일의 주방

/prompt surreal style, kitchen --v 6.0 --style raw --s 50

초현실적 스타일의 거실

/prompt surreal style, living room --v 6.0 --style raw --s 50

인테리어 디자인에서의 몽환적 스타일은 평온함, 부드러움, 그리고 꿈같은 분위기를 떠올리는 공간을 창출하는 것이 특징이다. 인테리어 디자인에서의 몽환적 스타일의 세 가지 중요한 특징은 다음과 같다.

1. 부드러운 색상 팔레트

몽환적 인테리어는 종종 부드럽고 은은한 컬러 팔레트를 특징으로 한다. 파스텔 색조, 연한 중성색 및 연한 블루, 라벤더, 혹은 다홍색와 같은 연한 색상들이 일반적으로 사용된다. 이러한 컬러는 잔잔하고 고요한 분위기를 조성하며 몽환적인 특징을 불러 일으킨다. 가볍고 공기같으며 천상적으로 느껴지는 공간을 만드는 것이 강조되며 전반적으로 몽환적인 분위기를 향상시킨다.

2. 부드럽고 유동적인 질감

질감은 몽환적인 분위기를 조성하는 데 중요한 역할을 한다. 플러시한 원단, 얇은 커튼, 부드러운 패브릭을 비롯한 부드러운 흐르는 질감이 흔히 사용된다. 실크, 벨벳, 인조 모피와 같은 소재는 편안함과 고급스러움을 더할 수 있다. 여러겹의 원단, 섬세한 패턴, 흐르는 커튼은 아늑함과 시각적 부드러움을 증진시켜 공간의 몽환적인 느낌을 강조한다.

3. 은은한 조명과 분위기

몽환적 인테리어는 종종 은은하고 잔잔한 조명을 활용하여 마법 같은 분위기를 조성한다. ❶펜던트 라이트(Pendant light), ❷페어리 라이트(Fairy light), ❸벽등(Wall scone)과 같은 조명원에서 나오는 부드럽고 확산된 빛이 공간에 부드러움을 더한다. 조명의 배치에 대한 고려는 따뜻한 부분을 만들어 내고 특정 영역을 밝히는 데 있다. 목표는 강한 조명을 피하고 꿈같은 탈출을 떠올리게 하는 환경을 창출하는 것이다. 이러한 특징들은 몽환적 스타일을 정의하며, 온화하고 평온한 분위기를 강조한다.

❶ **/prompt** pendent lights, dreamy style --v 6.0 --s 50 --style raw
❷ **/prompt** fairy lights, dreamy style --v 6.0 --s 50 --style raw
❸ **/prompt** wall scone lights, dreamy style --v 6.0 --s 50 --style raw

몽환적 스타일의 주방

/prompt dreamy style, kitchen --v 6.0 --style raw --s 50

몽환적 스타일의 거실

/prompt dreamy style, living room --v 6.0 --style raw --s 50

지속 가능 스타일(Sustainable style)

인테리어 디자인에서의 지속 가능한 스타일은 환경 친화적이며 사회적으로 책임감 있는 공간을 창출하는 데 중점을 둔다. 인테리어 디자인에서의 지속 가능한 스타일의 세 가지 중요한 특징은 다음과 같다.

1. 친환경 소재의 사용

지속 가능성은 주로 환경에 영향을 덜 미치는 소재의 선택을 포함한다. 이는 재활용(Recycled)이나 업사이클(Upcycled)된 소재, 책임감 있게 조달된 목재(Responsibly sourced wood), 그리고 다른 재생 가능한 자원의 사용을 포함한다. 대표적으로 대나무, 코르크, 재활용 목재, 재활용 금속 등의 친환경 소재가 사용되어 디자인의 생태발자국(Ecological footprint)을 최소화한다. 중요한 것은 윤리적으로 생산되고 재활용이나 용도변경이 가능한 재료를 장려하는 것이다.

2. 에너지 효율성과 절약

지속 가능한 인테리어는 에너지 효율성과 절약을 중시한다. 이는 자연광을 최대한 활용하고 에너지 효율적인 가전제품과 조명기구를 사용하며, 적절한 단열을 통해 에너지 소비를 줄이는 디자인 요소를 통합하는 것을 의미한다. 목표는 가능한 한 재생 가능한 에너지원을 활용하고 전체적인 에너지 소비를 최소화하여 지속 가능하고 환경 친화적인 생활 방식에 기여하는 공간을 만드는 것이다.

3. 지속적이고 영속적인 디자인

지속 가능한 디자인은 빈번한 수리와 교체의 수요를 줄이는 지속가능하고 영속적인 매력에 가치를 둔다. 튼튼하고 고품질의 가구와 마감재를 선택함으로써 수명을 연장하고 폐기물을 줄일 수 있게 된다. 영속적인 디자인 원칙은 디자인이 시간이 지나도 미학적으로 매력적이며 적절하다는 것을 의미하며, 일시적인 트렌드를 피하려는 노력이다. 이러한 접근법은 자원의 지속 가능하고 책임감 있는 소비를 장려한다.

이러한 특징들은 인테리어 디자인에서 지속 가능한 스타일을 정의하며, 책임감 있는 소재 선택, 에너지 효율성, 그리고 오래 지속되는 디자인에 대한 참여를 강조한다. 지속 가능한 인테리어는 환경적 영향을 최소화할 뿐만 아니라 보다 건강하고 의식적인 생활 방식을 장려하는 공간을 창출하는 것을 목표로 한다.

지속 가능 스타일의 주방

/prompt sustainable style, kitchen --v 6.0 --style raw --s 50

지속 가능 스타일의 거실

/prompt sustainable style, living room --v 6.0 --style raw --s 50

생체모방 스타일 (Biomimetic style)

인테리어 디자인에서의 생체모방 스타일은 자연에서 영감을 받아 생물학적 형태, 과정 및 시스템을 모방한다. 생체모방 스타일 인테리어 디자인의 세 가지 중요한 특징은 다음과 같다.

1. 생물학적 형태와 패턴

생체모방 인테리어는 자연에서 발견되는 생물학적 형태와 패턴을 활용한다. 식물, 동물 또는 자연 경관에서 관찰되는 형태와 구조를 모방한 가구, 조명 또는 건축 요소가 포함될 수 있다. 목표는 자연 형태의 아름다움과 효율성을 인테리어 공간에 가져와 조화롭고 시각적으로 매력적인 환경을 조성하는 것이다.

2. 지속 가능하고 친환경적인 소재

생체모방 디자인은 종종 지속 가능하고 친환경적인 소재의 사용을 강조하며, 이는 자연 생태계의 효율성과 적응성에서 영감을 받는다. 이는 쉽게 재생 가능하고 생분해되며, 재활용이 가능한 소재 등을 포함한다. 지속 가능한 소재에 중점을 둔 것은 시간이 지남에 따라 효율적이고 지속 가능한 해결책을 창출하는 자연의 능력으로부터 배운 생체 모방 원리와 일치한다.

3. 자연광과 환기 최적화

자연 생태계가 빛과 환기를 효율적으로 활용하는 방식에서 영감을 받아, 생체모방 인테리어는 자연광 및 환기를 최적화하는 것을 우선시한다. 창문, 천창, 또는 환기 시스템의 전략적 배치는 자연 시스템의 효율성을 모방하기 위한 것이다. 이러한 기능을 통합함으로써 생체모방 인테리어는 거주자의 웰빙을 향상시키면서 인공 조명 및 기계 환기에 대한 의존을 줄이고자 한다.

이러한 특징들은 인테리어 디자인에서 생체모방 스타일을 정의하며, 자연계의 아름다움을 반영할 뿐만 아니라 자연에서 영감을 받은 지속 가능하고 효율적인 디자인 원칙을 통합한다. 생체모방 인테리어는 생물학적 영역에서 찾을 수 있는 기능성, 적응성, 그리고 미적 매력을 모방하여 건축 환경과 자연계 간의 연결을 촉진한다.

생체모방 스타일의 주방

/prompt biomimetic style, kitchen --v 6.0 --style raw --s 50

생체모방 스타일의 거실

/prompt biomimetic style, living room --v 6.0 --style raw --s 50

열대 스타일(Tropical style)

인테리어 디자인에서의 열대 스타일은 열대 지역의 자연적 아름다움을 반영하는 활기차고 여유로운, 그리고 이국적인 분위기를 특징으로 한다. 열대 스타일 인테리어 디자인의 세 가지 중요한 특징은 다음과 같다.

1. 무성하고 자연적인 요소

열대 지역의 식물과 동물에서 영감을 받은 무성한 자연적 요소가 열대 인테리어에 흔히 포함된다. 잎이 큰 식물, 야자수, 그리고 다른 열대 식물들이 있다. 대나무, 라탄, 티크와 같은 자연 소재의 사용은 자연과의 연결성을 향상시킨다. 목표는 열대 기후에서 볼 수 있는 활기차고 다양한 풍경을 모방하여 실내 오아시스를 조성하는 것이다.

2. 밝고 대담한 색상

열대 스타일의 색상 팔레트는 열대지역의 꽃, 과일 및 풍경의 활기찬 색상을 모방한 밝고 대담한 색조로 특징 지어진다. 에너지와 따뜻함을 공간에 주입하기 위해 활기차고 즐거운 녹색, 푸른색, 노란색, 빨간색 등이 흔히 사용된다. 이러한 색상은 열대 인테리어와 관련된 활기찬 및 즐거운 분위기를 형성한다. 또한, 이국적인 식물이나 야생동물에서 영감을 받은 패턴은 직물과 장식 요소에 통합될 수 있다.

3. 개방적이고 통풍이 잘 되는 공간

열대 스타일은 종종 열대 생활의 바람이 잘 통하고 편안한 느낌을 위해 개방적이고 통풍이 잘 되는 공간을 강조한다. 큰 창문, 슬라이딩 글라스 도어, 그리고 개방형 평면은 풍부한 자연광과 환기를 가능케 한다. 이 디자인 접근은 실내와 실외 공간 간의 원활한 이동을 촉진하여 개방감과 주변 환경과의 연결성을 증진시킨다. 가볍고 얇은 커튼은 프라이버시를 유지하면서도 자연광을 통과시킬 수 있다.

이러한 특징들은 인테리어 디자인에서 열대 스타일을 정의하며, 열대 낙원의 본질을 불러 일으킨다. 디자인 요소는 열대 기후의 따뜻함, 풍부함, 그리고 편안함을 집 안으로 가져오고, 상쾌하고 매력적인 분위기를 제공하는 것을 목표로 한다.

열대 스타일의 주방

/prompt tropical style, kitchen --v 6.0 --style raw --s 50

열대 스타일의 거실

/prompt tropical style, living room --v 6.0 --style raw --s 50

스팀펑크 스타일(Steampunk style)

실내 디자인에서 스팀펑크 스타일은 빅토리아 시대의 미학, 산업적 요소, 그리고 19세기 증기 동력 기계에서 영감을 받은 상상력이 풍부하고 미래 지향적인 디테일의 독특한 조화가 특징이다. 실내 디자인에서 스팀펑크 스타일의 세 가지 중요한 특징은 다음과 같다.

1. 산업 요소 및 재료

노출된 기어와 기계: 스팀펑크 인테리어는 종종 산업 혁명을 연상시키는 노출된 기어, 톱니바퀴 및 기타 기계를 특징으로 한다. 이러한 요소는 기능적이든 장식적이든 독특한 스팀펑크 미학에 기여한다.

금속과 가죽: 스팀펑크 디자인에서 금속, 특히 황동과 구리의 사용이 두드러진다. 이것은 가구, 조명 기구 및 이러한 재료로 만든 장식 요소를 포함한다. 가죽은 또 다른 일반적인 재료이며, 종종 장식품과 액세서리에 사용되어 빈티지한 고급스러움을 더한다.

2. 비틀림이 있는 빅토리아 시대 미학

빈티지 가구: 스팀펑크 인테리어는 풍부하고 어두운 색상의 화려한 나무 가구와 장식품과 같은 빅토리아 시대의 가구를 통합한다. 그러나 이러한 전통적인 요소는 종종 스팀펑크 테마에 맞게 변형되거나 용도를 변경한다.

골동품과 복고풍 요소들: 오래된 지도, 지구본, 타자기, 또는 빈티지 카메라와 같은 골동품과 복고풍의 아이템들은 장식품으로 흔히 사용된다. 이러한 아이템들은 향수를 불러일으키며 전체 스팀펑크 분위기에 기여한다.

3. 상상력이 풍부하고 기발한 세부 정보

혁신적인 조명: 스팀펑크 조명 기구는 종종 구식 랜턴, 산업용 펜던트 또는 에디슨 전구가 있는 맞춤형 기구를 닮도록 설계된 주요 특징이다. 시각적 흥미를 더하기 위해 파이프와 게이지가 이러한 기구에 통합될 수 있다.

창의적인 장식: 스팀펑크 디자인은 상상력이 풍부하고 기발한 디테일을 가능하게 한다. 환상적인 기계의 조각, 독특한 벽화 또는 용도가 변경된 산업 물체와 같은 예술적인 창작물은 공간 내에서 창의성과 환상에 기여한다.

빈티지 기술 통합: 스팀펑크는 종종 오래된 전화기, 타자기 또는 아날로그 게이지와 같은 빈티지 기술을 디자인에 통합한다. 기능적이든 장식적이든 이러한 항목은 스팀펑크 스타일의 복고-미래적이고 상상력이 풍부한 측면을 강화하는 역할을 한다. 스팀펑크 인테리어는 역사적 미학과 미래 지향적이고 환상적인 요소를 성공적으로 결합하여 시각적으로 풍부하고 매혹적인 분위기를 만들어 내며, 약간의 사변 소설로 빅토리아 시대의 독창성을 기념한다.

스팀펑크 스타일의 주방

/prompt steampunk style, kitchen --v 6.0 --style raw --s 50

스팀펑크 스타일의 거실

/prompt steampunk style, living room --v 6.0 --style raw --s 50

05-3 가구 디자이너

가구 디자인과 인테리어 디자인은 미적이고 기능적인 공간을 만드는데 밀접한 관계를 가지고 있다. 가구 디자이너는 인테리어 공간의 분위기와 느낌에 기여하는 작품을 만들고, 인테리어 디자이너는 이러한 작품으로 공간에 최적화된 배치를 할 수 있다. 협업을 위한 바탕으로 가구디자인에 대한 이해를 돕기 위해 가구디자인의 역사에서 중요 작품들을 직접 생성해 보도록 한다. 실제 가구의 이미지를 미드저니에서 재현해 보면 가구 디테일의 조그만 차이로 인하여 실제와 확연히 달라 보이는 경우가 많이 발생한다. 이 경우 프롬프트를 수차례 수정 및 재생성하는 작업이 필요하고, 그럼에도 불구하고 조금씩 아쉬운 부분이 남지만 그러한 작업과정을 통하여 숨은 그림을 찾듯이 가구를 디테일하게 보는 안목이 생길 것이다.

마르셀 브로이어(Marcel Breuer, 1902~1971)

헝가리계 독일 건축가, 가구 디자이너

/prompt wassily chair of marcel breuer --s 0 --v 6.0 --style raw

/prompt cesca chair of marcel breuer --v 6.0 --no arm --s 5 --style raw

미스 반 데어 로에 (Mies van der Rohe, 1886~1969)

독일계 미국 건축가, 교수, 인테리어 디자이너

/prompt barcelona chair, by mies van der rohe --s 0 --v 6.0 --style raw

르 코르뷔지에 (Le Corbusier, 1887~1965)

스위스계 프랑스 건축가, 디자이너, 화가, 도시계획가, 작가

/prompt lc3 chair of le corbusier --v 6.0 --s 0 --style raw

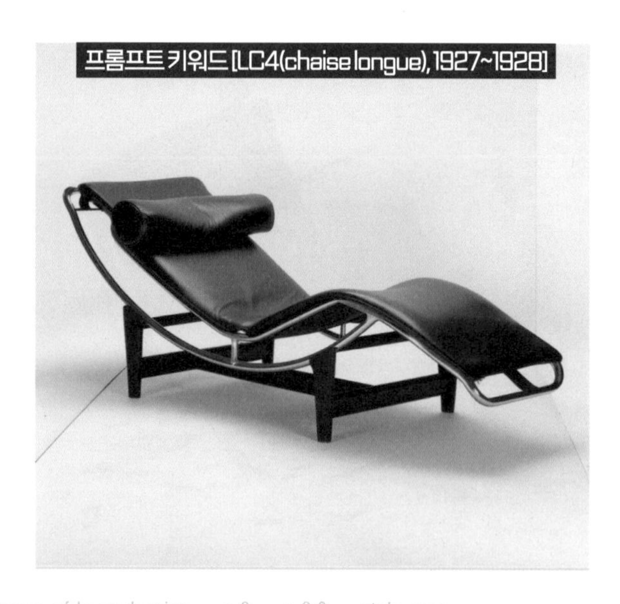

/prompt chaise longue of le corbusier --s 0 --v 6.0 --style raw

알바 알토 (Alvar Alto, 1898~1976)

핀란드 건축가, 디자이너 (가구, 패브릭, 유리제품)

프롬프트 키워드 [41 paimio, 1932]

/prompt armchair 41 paimio of alvar alto --s 0 --v 6.0 --style raw

프롬프트 키워드 [stool 60, 1933]

/prompt circular plate, made of plywood, stool 60 of alvar alto --s 0 --v 6.0 --style raw

찰스&레이 임스 (Charles and Ray Eames, 1907~1978, 1912~1988)

미국 부부 산업디자이너, 가구디자이너

/prompt lcw chair of Charles and Ray Eames --v 6.0 --s 0 --style raw

프롬프트 키워드 [lounge Chair, 1956]

/prompt lounge chair and footstool of charles and ray eames --s 0 --v 6.0 --style raw

/prompt la chaise of Charles and Ray Eames --s 0 --v 6.0 --style raw

에로 사리넨(Eero Ssarinen, 1910~1961)

핀란드계 미국 건축가, 산업디자이너

/prompt womb chair of eero saarinen --s 0 --v 6.0 --style raw

/prompt tulip chair of eero saarinen --s 0 --v 6.0 --style raw

해리 베르토이아(Harry Bertoia, 1915~1978)

이탈리아계 미국 예술가, 조각가, 가구 디자이너

/prompt bertoia diamond chair --s 0 --v 6.0 --style raw

한스 웨그너(Hans Wegner, 1915~2007)

덴마크 가구 디자이너

/prompt chinese chair of hans wegner --s 0 --v 6.0 --style raw

/prompt the chair of hans wegner --s 0 --v 6.0 --style raw

프롬프트 키워드 [wishbone chair, 1949]

/prompt wishbone chair of hans wegner --s 0 --v 6.0 --style raw

아르네 야콥센 (Arne Jacobsen, 1902~1971)

덴마크 건축가, 가구 디자이너

프롬프트 키워드 [ant chair, 1952]

/prompt ant chair of arne jacobsen --v 6.0 --s 0 --style raw

/prompt egg chair of arne jacobsen --s 0 --v 6.0 --style raw

/prompt swan chair of arne jacobsen --v 6.0 --s 0 --style raw

핀 율(Finn Juhl, 1912~1989)

덴마크 건축가, 인테리어 디자이너, 산업 디자이너

프롬프트 키워드 [45 chair, 1945]

/prompt 45 chair of finn juhl --s 0 --v 6.0 --style raw

지오 폰티(Geo Ponti, 1891~1979)

이탈리아 건축가, 산업 디자이너, 가구 디자이너, 예술가, 교수, 작가, 발행자

프롬프트 키워드 [superleggera chair, 1957]

/prompt superleggera chair of gio ponti --s 50

에에로 아르니오(Eero Aarnio, 1932~)

핀란드 인테리어 디자이너, 가구 디자이너

/prompt globe chair of Eero Aarnio --s 0 --v 6.0 --style raw

/prompt hanging, bubble chair of eero aarnio --s 0 --v 6.0 --style raw

마리오 벨리니 (Mario Bellini, 1935)

이탈리아 건축가, 디자이너

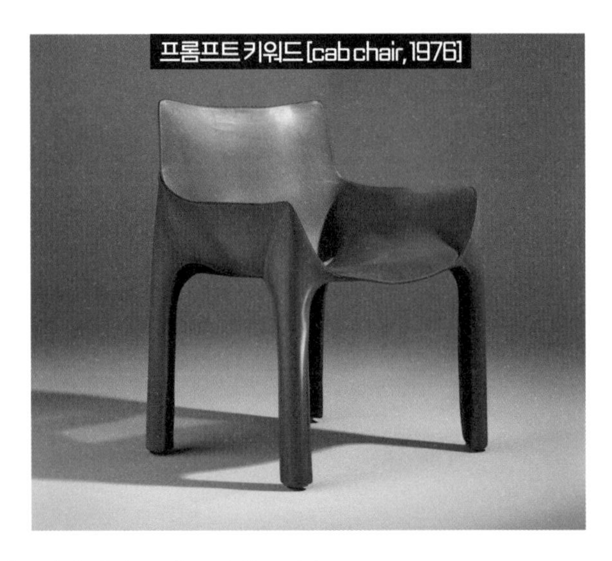

/prompt cab chair of mario bellini --s 0 --v 6.0 --style raw

필립 스탁 (Philippe Stark, 1949~)

프랑스 산업 건축가, 디자이너 (인테리어, 건축, 가정용품, 가구, 보트, 차량)

/prompt louis ghost chair of philippe starck --s 0 --v 6.0 --style raw

베르너 팬톤 (Verner Panton, 1926~1998)

덴마크 가구 디자이너, 인테리어 디자이너

/prompt panton chair of Verner Panton --s 0 --v 6.0 --s 50 --style raw

05-4 조경 스타일

조경은 옥외 공간의 아름다움을 향상시키는 데 중요한 역할을 하며, 건축의 전체적인 모습과 느낌에 큰 영향을 미친다. 또한, 휴식을 취하고 긴장을 풀 수 있는 장소이기도 하다. 조경 스타일을 선택할 때 오락, 휴식, 어린이를 위한 마당, 텃밭 등과 같은 구체적인 사용 목적을 설정하고 다양한 유형의 스타일을 참고하도록 한다. 여기에 나열한 조경 스타일은 모든 유형의 기후, 토양, 지형에 적합한 것은 아니므로 환경 조건의 확인이 필요하고, 일부는 유지 및 관리에 상당한 시간과 비용이 소요될 수도 있다.

열대정원

/prompt landscape architecture, tropical style --s 50 --style raw

초원정원

/prompt landscape architecture, prairie style --s 50 --style raw

사막정원

/prompt landscape architecture, desert style --s 50 --style raw

건조정원

/prompt landscape architecture, xeriscape style --s 50 --style raw

정형식정원

/prompt landscape architecture, formal style --s 50 --style raw

이끼정원

/prompt landscape architecture, moss garden --s 50 --style raw

암석정원

/prompt landscape architecture, rock garden --s 50 --style raw

연못정원

/prompt landscape architecture, pond garden --s 50 --style raw

잔디정원

/prompt landscape architecture, grass garden --s 50 --style raw

삼림정원

/prompt landscape architecture, woodland style --s 50 --style raw

인공섬

/prompt landscape architecture, little island --s 50 --style raw

놀이터

/prompt landscape architecture, wild play --s 50 --style raw

산책로

/prompt landscape architecture, river and greenway --s 50 --style raw

수변공원

/prompt landscape architecture, waterfront --s 50 --style raw

옥상정원

/prompt landscape architecture, buildings connected with roof bridges, roof gardens --s 50 --style raw

도로

/prompt stepped park on the highway park connecting residential area, applied with landscape architecture --s 50 --style raw

주택

/prompt landscape architecture, contemporary style, house --s 50 --style raw

05-5 아티스트

프로젝트의 초기 단계에서 작업에 대한 영감을 얻기 위하여 건축가, 미술가 등 예술가의 스타일을 개별적으로 또는 혼합하여 적용해 볼 수 있다. 이 경우 예술가의 스타일을 구현할 때 그 결과가 기대에 미치지 못하는 경우가 종종 발생하는데 미드저니의 데이터 학습량에 따라 예술가 스타일 재현의 완성도가 확연히 달라지기 때문이며, 향후 학습량이 쌓이면 해결되리라 생각한다. 여기서 Stylize의 값은 인물 이미지는 변형이 거의 없도록 0으로 건물 이미지는 50으로 약간만 주었으며, 너무 밋밋한 경우는 변형이 심하지 않는 범위 내에서 값을 조금만 더 올렸다.

건축가 스타일의 구현이 잘 안되는 경우

영어로 입력하다 보면 가끔 번역기를 사용하는 경우가 있는데, 이 경우 미드저니에게 정확한 의미 전달이 안되는 경우가 있어 이 경우 번역된 결과물을 꼼꼼히 살펴보고 때로는 좀 더 정확한 의미의 단어로 바꾸거나 또는 강조를 위하여 프롬프트의 배치 규칙(029페이지 참조)에 맞게 단어의의 순서를 재배치해야 한다. 텍스트에 미세한 변화를 주어도 전혀 다른 이미지를 만들어 내는 것을 잊지 말아야 한다.

1. 챗GPT에서 건축물의 형태적 특성을 구하여 미드저니에 적용한다.

미드저니의 작가나 작품에 대한 학습이 충분치 않은 경우 엉뚱한 결과물이 나온다. 이 경우 아래와 같이 먼저 챗GPT에서 작품의 형태적 특성을 구하고, 미드저니에 적용할 수도 있다.

챗GPT에서 작품의 형태적 특성 구하기

챗GPT에서 건축가의 특정 건축물에 대한 형태적 특징을 문장이 아닌 구단위로 설명을 요청한다.

Explain the morphological characteristics of philip johnson's the glass house in a phrase unit?

The Glass House, designed by Philip Johnson, features minimalist and transparent architectural elements, with a focus on open spaces and a seamless integration with the surrounding natural environment.

more

The Glass House exhibits sleek lines, a steel and glass structure, and a lack of traditional walls, creating a harmonious blend of interior and exterior spaces. Its simplicity and transparency showcase a modernist approach to architecture.

미드저니에 적용하기

챗GPT에서 받은 답변을 프롬프트의 규칙과 순서에 맞게 정리하고, 불필요한 부분은 삭제한다.

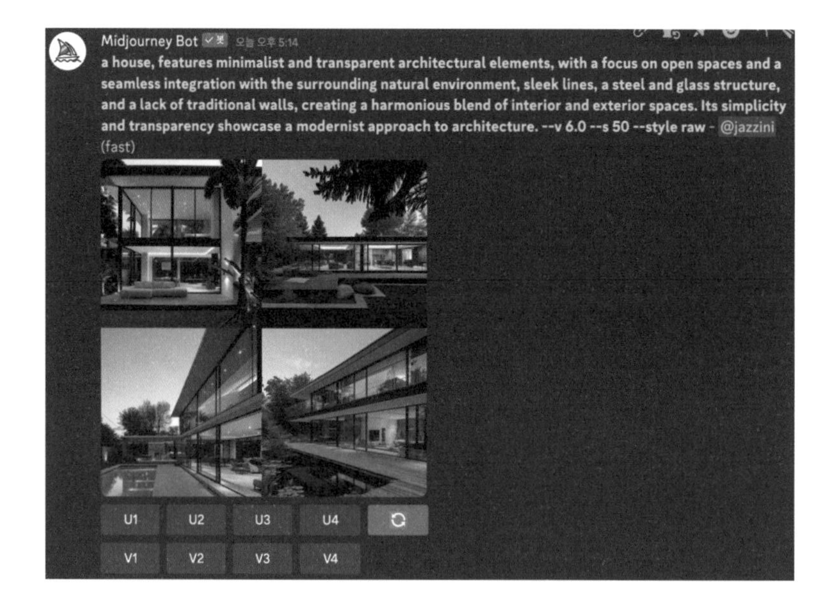

2. 작가가 아닌 작품 스타일을 적용해 본다.

작가의 작업 스타일이 다양한 경우에는 작가가 아닌 작가의 작품을 특정해 스타일로 적용해 본다.
예) a building inspired of philip johnson's the glass house

프롬프트 키워드

[by], [inspired by] [in the style of] [mix and match]

안토니 가우디(Antoni Gaudí, 1852~1926)

스페인 건축가, 디자이너

/prompt graphite portrait of antoni gaudi --s 0 --v 6.0 --style raw

/prompt modern style, a building inspired of antoni gaudi --v 6.0 --s 50 --style raw

프랭크 로이드 라이트(Frank Lloyd Wright, 1867~1959)

미국 건축가, 디자이너, 작가, 교육자

/prompt graphite portrait of frank lloyd wright --s 0 --v 6.0 --style raw

/prompt modern style, a building inspired of frank lloyd wright --v 6.0 --s 50 --style raw

미스 반 데어 로에 (Mies van der Rohe, 1886~1969)

독일계 미국 건축가, 교수, 인테리어 디자이너

/prompt graphite portrait of mies van der rohe --s 0 --v 6.0 --style raw

/prompt modern style, a building inspired of mies van der rohe --v 6.0 --s 50 --style raw

르 코르뷔지에 (Le Corbusier, 1887~1965)

스위스계 프랑스 건축가, 디자이너, 화가, 도시 계획가, 작가

/prompt graphite portrait of le corbusier --s 0 --v 6.0 --style raw

/prompt modern style, a building inspired of le corbusier --v 6.0 --s 50 --style raw

루이스 칸(Louis Kahn, 1901~1974)

에스토니아계 미국 건축가

/prompt graphite portrait of louis kahn --s 0 --v 6.0 --style raw

/prompt modern style, a building inspired of louis kahn --v 6.0 --s 50 --style raw

에로 사리넨(Eero Saarinen, 1910~1961)

핀란드계 미국 건축가, 산업디자이너

/prompt graphite portrait of eero Saarinen --s 0 --v 6.0 --style raw

/prompt modern style, a building inspired of eero Saarinen --v 6.0 --s 50 --style raw

필립 존슨(Philip Johnson, 1906~2005)

미국 건축가

/prompt graphite portrait of philip johnson --s 0 --v 6.0 --style raw

프롬프트 키워드 [philip johnson]

/prompt modern style, a building inspired of philip johnson --v 6.0 --s 50 --style raw

알도 로시(Aldo Rossi, 1931~1997)

이탈리아 건축가, 디자이너

/prompt graphite portrait of aldo rossi --s 0 --v 6.0 --style raw

프롬프트 키워드 [aldo rossi]

/prompt modern style, a building inspired of aldo rossi --v 6.0 --s 50 --style raw

리처드 로저스(Richard Rogers, 1933~2021)

이탈리아계 영국 건축가

/prompt graphite portrait of richard rogers --s 0 --v 6.0 --style raw

/prompt a building inspired of richard rogers --v 6.0 --s 50 --style raw

노먼 포스터(Norman Foster, 1935~)

영국 건축가, 디자이너

/prompt graphite portrait of norman foster --s 0 --v 6.0 --style raw

/prompt a building inspired of norman foster --v 6.0 --s 50 --style raw

리차드 마이어 (Richard Meier, 1934~)

미국 건축가, 추상예술가

/prompt graphite portrait of richard meier --s 0 --v 6.0 --style raw

/prompt a building inspired of richard meier --v 6.0 --s 50 --style raw

렌조 피아노 (Renzo Piano, 1937~)

이탈리아 건축가

/prompt graphite portrait of renzo piano --s 0 --v 6.0 --style raw

/prompt a building inspired of renzo piano --v 6.0 --s 50 --style raw

페터 춤토르(Peter Zumthor, 1943~)

스위스 건축가

/prompt graphite portrait of peter zumthor --s 0 --v 6.0 --style raw

/prompt a building inspired of peter zumthor --v 6.0 --s 50 --style raw

헤르조그 드 뫼롱(Herzog & de Meuron, 1978~)

스위스 건축사무소

/prompt graphite portrait of Pierre de Meuron and graphite portrait of Jacques Herzog --s 0 --v 6.0 --style raw

/prompt a building inspired of Herzog and de Meuron --v 6.0 --s 50 --style raw

렘 콜하스(Rem Koolhaas, 1944~)

네덜란드 건축가, 건축 이론가, 도시계획전문가, 교수

/prompt graphite portrait of rem koolhaas --s 0 --v 6.0 --style raw

프롬프트 키워드 [rem koolhaas]

/prompt a building inspired of rem koolhaas --v 6.0 --s 50 --style raw

자하 하디드(Zaha Hadid, 1950~2016)

이라크계 영국 건축가, 예술가, 디자이너(DDP)

/prompt graphite portrait of zaha hadid --s 0 --v 6.0 --style raw

프롬프트 키워드 [zaha hadid]

/prompt a building inspired of zaha hadid --v 6.0 --s 50 --style raw

안도 다다오 (Tadao Ando, 1941~)

일본 건축가

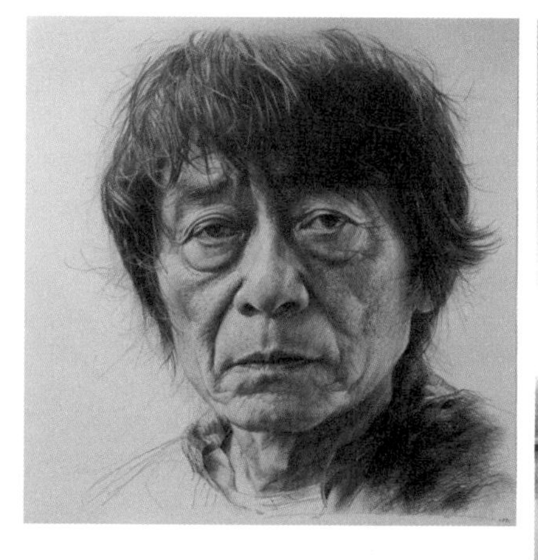

/prompt graphite portrait of tadao ando --s 0 --v 6.0 --style raw

/prompt a building inspired of tadao ando --v 6.0 --s 50 --style raw

산티아고 칼라트라바 (Santiago Calatrava, 1951~)

스페인계 스위스 건축가, 구조 엔지니어, 조각가, 화가

/prompt graphite portrait of santiago calatrava --s 0 --v 6.0 --style raw

/prompt a building inspired of santiago calatrava --v 6.0 --s 50 --style raw

쿠마 켄고 (Kengo Kuma, 1954~)

일본 건축가, 교수

/prompt graphite portrait of kengo kuma --s 0 --v 6.0 --style raw

/prompt a building inspired of kengo kuma --v 6.0 --s 50 --style raw

데이비드 치퍼필드 (David Chipperfield, 1953~)

영국 건축가

/prompt graphite portrait of david chipperfield --s 0 --v 6.0 --style raw

/prompt a building inspired of david chipperfield --v 6.0 --s 50 --style raw

필립 스탁(Philippe Starck, 1949~)

프랑스 산업 건축가, 디자이너(인테리어, 건축, 가정용품, 가구, 보트, 차량)

/prompt graphite portrait of philippe starck --s 0 --v 6.0 --style raw

/prompt a dining room inspired of philippe starck --v 6.0 --s 50 --style raw

미야자키 하야오(Miyazaki Hayao 1941~)

일본의 애니메이터, 영화 제작자, 만화가

/prompt graphite portrait of hayao miyazaki --s 0 --v 6.0 --style raw

/prompt modern style, a room inspired of hayao miyazaki --v 6.0 --s 50 --style raw

빈센트 반 고흐 (Vincent Van Gogh, 1853~1890)

네덜란드 화가

/prompt graphite portrait of vincent van gogh --s 0 --v 6.0 --style raw

/prompt modern style, a room inspired of vincent van gogh --v 6.0 --s 50 --style raw

에드워드 호퍼 (Edward Hopper, 1882~1967)

미국 화가, 판화가

/prompt graphite portrait of edward Hopper --s 0 --v 6.0 --style raw

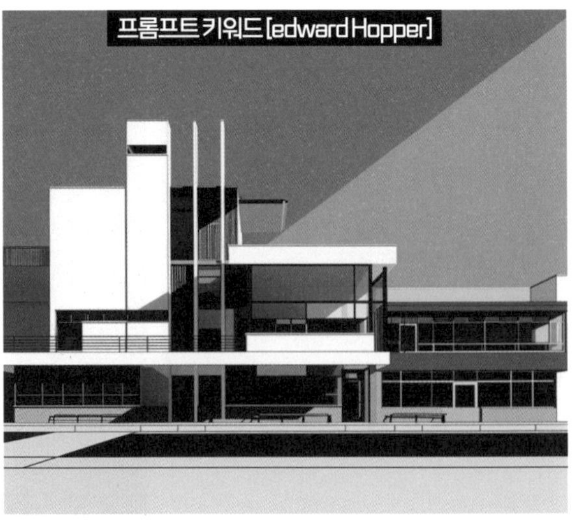

/prompt architectural elevation, modern style buildings inspired of edward hopper --v 6.0 --s 50 --style raw

바실리 칸딘스키 (Wassily Kandinsky, 1866~1944)

러시아 화가, 예술 이론가

/prompt graphite portrait of wassily kandinsky --s 0 --v 6.0 --style raw

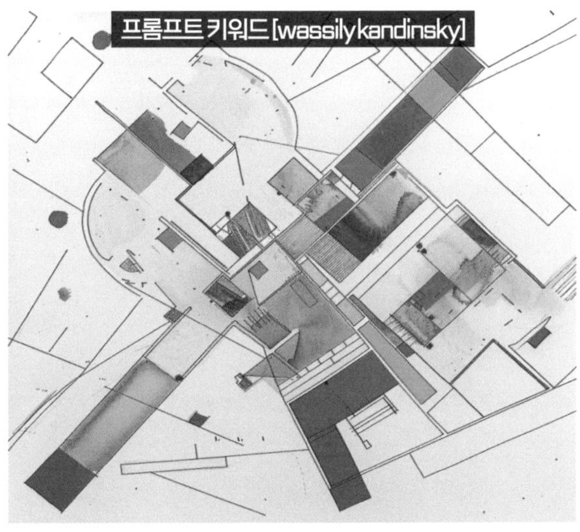

/prompt site plan, buildings inspired of kandinsky's point and line to plane

모리츠 코르넬리스 에셔 (Maurits Cornelis Escher, 1898~1972)

네덜란드의 그래픽 아티스트

/prompt graphite portrait of M.C. Escher --s 0 --v 6.0 --style raw

/prompt photograph, minimalistic, interior design inspired of M.C. Escher --s 50 --v 6.0 --style raw

05-6 기하 형태

기하학적 형태는 원, 정사각형, 그리고 삼각형과 같은 기본적인 형태이다. 디자인에서, 이러한 형태들은 시각적으로 매력적인 패턴을 만들고, 균형을 맞추고, 공간을 구성하는 데 사용된다. 그것들은 건축, 그래픽, 또는 제품 디자인과 같이 디자인의 미적인 측면과 구조적인 측면을 형성하는 데 중요한 역할을 한다. 여기에서는 기하 형태 중에서 기본적인 몇 가지를 건축 형태에 직접적으로 적용해 보도록 한다. 참고로 미드저니는 아직 숫자를 정확히 반영하지 못하는 경우가 많다.

곡선 (Curve shape)

/prompt sketchup, simple curve shape in geometry --v 6.0 --s 0 --style raw

프롬프트 키워드 [curve shape]

/prompt minimalistic style, curve-shaped house --v 6.0 --s 50 --style raw

삼각형 (Triangle, Pyramid)

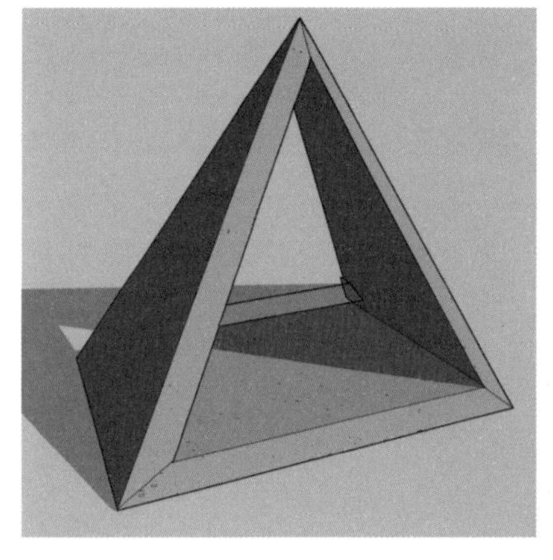

/prompt sketchup, simple triangle shape in geometry --v 6.0 --s 0 --style raw

/prompt minimalistic style, triangle-shaped house --v 6.0 --s 50 --style raw

오각형 (Pentagon)

/prompt sketchup, simple pentagon shape in geometry --v 6.0 --s 0 --style raw

/prompt minimalistic style, pentagon-shaped house --v 6.0 --s 50 --style raw

육각형(Hexagon)

/prompt sketchup, simple hexagon shape in geometry --v 6.0 --s 0 --style raw

/prompt minimalistic style, hexagon-shaped house --v 6.0 --s 50 --style raw

나선형 다각형(Spirangle, Spiral angle)

/prompt sketchup, simple spiral angle shape in geometry --v 6.0 --s 0 --style raw

/prompt minimalistic style, spiral-angle-shaped house --v 6.0 --s 50 --style raw

정육면체(Cube)

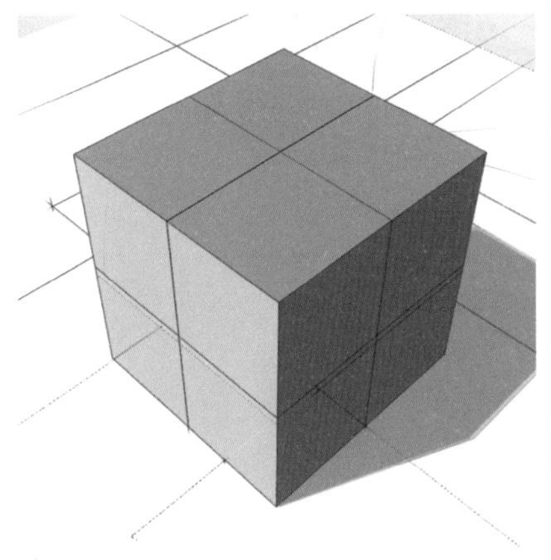

/prompt sketchup, simple cube shape in geometry --v 6.0 --s 0 --style raw

/prompt minimalistic style, cube-shaped house --v 6.0 --s 50 --style raw

직육면체(Cuboid)

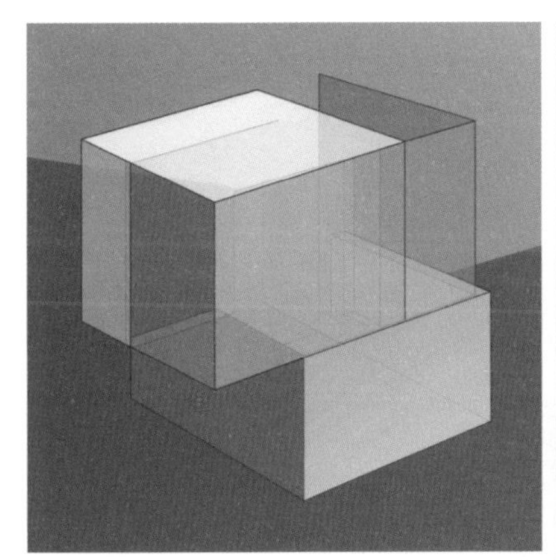

/prompt sketchup, simple cuboid shape in geometry --v 6.0 --s 0 --style raw

/prompt minimalistic style, cuboid-shaped house --v 6.0 --s 50 --style raw

구체(Sphere)

/prompt sketchup, simple sphere shape in geometry --v 6.0 --s 0 --style raw

/prompt minimalistic style, sphere-shaped house --v 6.0 --s 50 --style raw

원뿔(Cone)

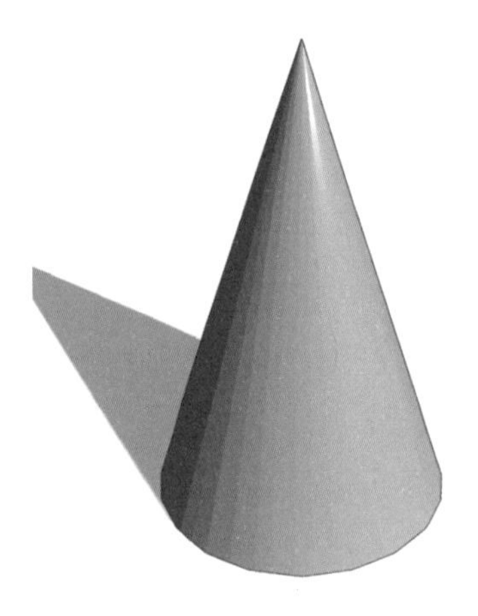

/prompt sketchup, simple cone angle shape in geometry --v 6.0 --s 0 --style raw

/prompt minimalistic style, cone-shaped house --v 6.0 --s 50 --style raw

원기둥(Cylinder)

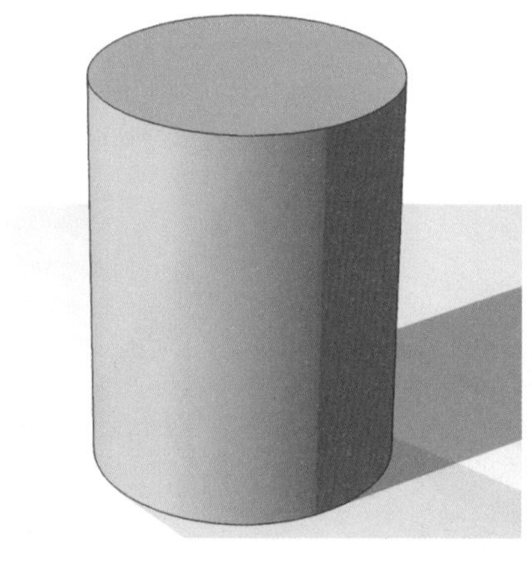

/prompt sketchup, simple cylinder shape in geometry --v 6.0 --s 0 --style raw

/prompt minimalistic style, cylinder-shaped house --v 6.0 --s 50 --style raw

원환체(Torus)

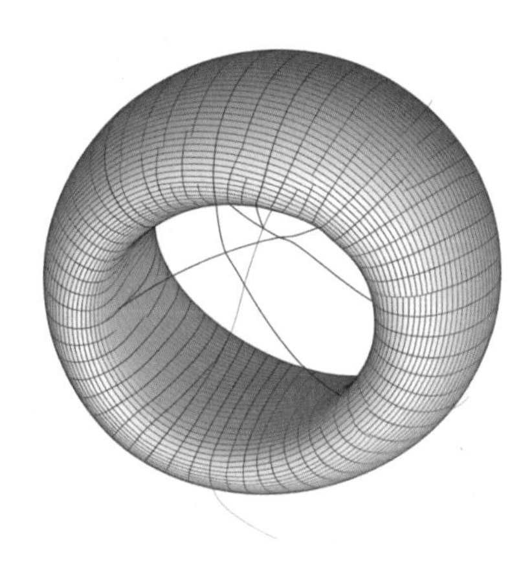

/prompt sketchup, simple torus shape in geometry --v 6.0 --s 0 --style raw

/prompt minimalistic style, torus-shaped house --v 6.0 --s 50 --style raw

다면체(Zonohedron)

/prompt sketchup, simple zonohedron shape in geometry --v 6.0 --s 0 --style raw

/prompt minimalistic style, zonohedron-shaped house --v 6.0 --s 50 --style raw

12면체(Dodecahedron)

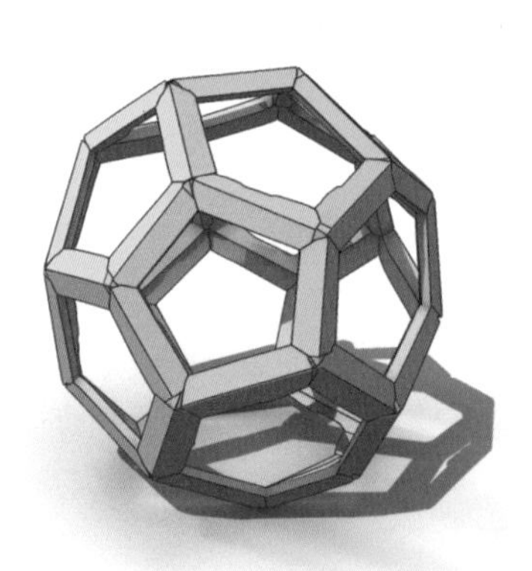

/prompt sketchup, simple dodecahedron shape in geometry, composed of pentagon --v 6.0 --s 50 --style raw

/prompt drone view, minimal style, dodecahedron-shaped house --s 50 --v 6.0 --style raw

20면체 (Icosahedron)

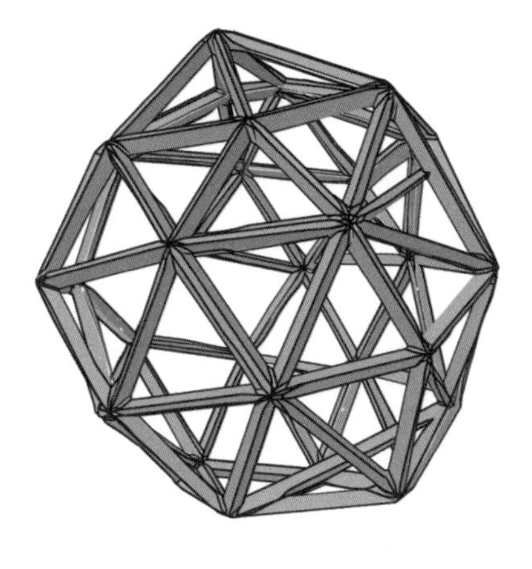

/prompt sketchup, simple icosahedron shape in geometry, composed of triangle --v 6.0 --s 0 --style raw

/prompt minimalistic style, icosahedron-shaped house --v 6.0 --s 50 --style raw

돔 (Dome)

/prompt sketchup, simple dome shape in geometry --s 0 --v 6.0 --style raw

/prompt minimalistic style, dome shaped house --s 50 --v 6.0 --style raw

05-7 자연 형태

디자이너들은 종종 자연에서 관찰되는 패턴으로부터 영감을 얻는다. 나뭇잎의 형태, 꽃의 대칭성, 또는 자연 표면의 질감 등 이러한 패턴은 다양한 창조적인 분야에서 미학과 디자인의 선택에 영향을 미친다. 디자이너들은 시각적으로 매력적이고 기능적인 구성을 만들기 위해 자연에서 발견되는 조화롭고 효율적인 디자인을 사용한다. 자연은 다양한 디자인 분야에 걸쳐 색상 팔레트, 질감, 그리고 지속 가능한 디자인 원칙에 대한 귀중한 자원이다. 이번에는 자연에서 가장 많이 적용되는 패턴을 살펴보기로 한다. 각 형태의 분류 및 정의는 챗GPT에서 아래와 같이 구하여 번역하였다.

Geometry in nature by GPT-4 적용 사례

자연에서 발견되는 10가지 유명한 패턴

What are the 10 famous patterns found in nature?

Sure, here are ten famous patterns found in nature.

1. **The Golden Ratio (Fibonacci Sequence):** A mathematical ratio(approximately 1.618) that is often found in the proportions of various elements in nature, such as the arrangement of seeds in a sunflower or the spirals of a nautilus shell.

2. **Fractals:** Self-repeating patterns that look similar at different scales, found in snowflakes, coastlines, and even the branching of trees.

3. **Hexagonal Honeycomb:** The hexagonal pattern created by bees when constructing their honeycombs, which maximizes storage efficiency with minimal use of materials.

4. **Symmetry in Butterflies and Flowers:** Many butterflies and flowers exhibit bilateral symmetry, where one half mirrors the other, creating striking visual patterns.

5. **Spiral Seashells:** The logarithmic spirals found in seashells, like the nautilus shell, which often follows the Golden Ratio.

6. **Snowflakes:** Intricate and unique ice crystals formed in clouds, each having a symmetrical and beautiful pattern.

7. **Bubbles and Soap Films:** Soap bubbles and thin soap films demonstrate minimal surface

area, forming intricate and colorful patterns as they intersect.

8. **Zebras' Stripes:** The unique black and white stripe patterns on zebras, thought to provide camouflage and deter biting insects.

9. **Sunflower Seed Arrangement:** The arrangement of seeds in the center of a sunflower follows the Fibonacci sequence, forming a spiral pattern.

10. **Coral Reefs:** The coral structures formed by tiny organisms, known as polyps, create intricate patterns and ecosystems in the ocean.

These patterns are just a few examples of the remarkable designs and structures that can be found throughout nature, inspiring both scientists and artists alike.

Bubbles and Soap Films: Soap bubbles and thin soap films demonstrate minimal surface area, forming intricate and colorful patterns as they intersect.

황금비(Golden ratio)

인간이 인식하기에 가장 균형적이고, 이상적으로 보이는 수학적 비율(약 1.618)로써 자연 속의 해바라기 씨앗이나 앵무조개의 나선형과 같은 다양한 요소들에서 발견된다.

/prompt pattern of golden ratio --v 6.0 --s 50 --style raw

프랙탈(Fractal)

작은 구조가 전체 구조와 비슷한 형태로 끝없이 되풀이 되는 자기반복패턴으로써 눈송이나 해안선 심지어 나무가지에서도 발견된다.

/prompt pattern of fractal geometry --v 6.0 --s 50 --style raw

육각형 벌집(Hexagonal honeycomb)

육각형의 패턴은 벌이 집을 지을 때 생성되는 패턴으로써 적은 재료의 사용으로 공간의 사용성을 극대화하기 때문에 매우 효율적이다.

/prompt pattern of hexagonal honeycomb --v 6.0 --s 50 --style raw

나비와 꽃의 대칭(Symmetry in butterflies and Flowers)

나비들과 꽃들은 좌우 대칭을 보여주는데, 반은 나머지 반과 매우 흡사하여 인상적인 시각적 패턴을 만들어 낸다.

/prompt close-up view, pattern of symmetry in butterflies --v 6.0 --s 50 --style raw

나선형 조개껍질(Spiral seashell)

앵무 조개와 같은 조개류의 껍질에서 발견되는 로그나선은 자연계에서 볼 수 있는 가장 매혹적인 기하학적 형태 중 하나다. 이 로그나선은 종종 황금비, 즉 약 1:1.618의 비율을 따르는 것으로 알려져 있다.

/prompt pattern of spiral seashell --v 6.0 --s 50 --style raw

눈송이(Snowflake)

구름 속에서 형성되는 복잡하고 독특한 얼음(눈) 결정체들은 각각 대칭적이고 아름다운 패턴들을 가지고 있다.

/prompt pattern of snowflake --v 6.0 --s 50 --style raw

비눗방울(Bubbles and Soap films)

비눗방울은 방울끼리 서로 교차하면서 복잡하고 다채로운 패턴을 만들어내며 최소한의 표면적을 보여준다.

/prompt close-up view, patten of bubbles and soap film --v 6.0 --s 50 --style raw

얼룩말 줄무늬(Zebra stripes)

얼룩말의 독특한 검은색과 흰색의 줄무늬 패턴은 단순한 미적 요소를 넘어서 흡혈 곤충을 막아주는 등 자연에서의 생존에 필수적인 역할을 한다.

/prompt pattern of zebra's stripes --v 6.0 --s 50 --style raw

해바라기 씨 배열(Sunflower seed arrangement)

해바라기 씨앗의 배열은 자연의 놀라운 수학적 원리를 반영하는 예로 종종 인용된다. 이들의 배열은 나선형 패턴을 형성하며, 이 패턴은 피보나치 수열을 따른다고 알려져 있다.

/prompt extreme close-up view, finonacci pattern in sunflower --v 6.0 --s 50 --style raw

산호초(Coral reefs)

폴립이라고 알려진 작은 생물체에 의해 형성된 산호 구조물은 바다에 복잡하고 화려한 패턴과 생태계를 만들어 낸다.

/prompt geometric pattern of coral reef --v 6.0 --s 50 --style raw

파동 패턴(Wave pattern)

파동은 자연에 널리 퍼져 있으며 다양한 규모의 다양한 현상에서 관찰된다. 예를 들어 바다의 파도, 모래 언덕, 나무의 나이테, 음파, 빛의 파동, 전자기파, 지진파 등에서 발견된다.

/prompt pattern of wave --s 50 --v 6.0 --style raw

분기 구조(Branching structure)

분기 구조는 자연계의 미시적 수준에서 거시적 수준까지 다양한 규모에서 관찰되며, 강, 혈관, 나무와 식물, 신경계, 번개, 산호초, 서리 결정체 등이 있다.

/prompt branching structures --s 50 --v 6.0 --style raw

균열과 파괴(Cracks and fractures)

균열과 파괴는 자연 및 재료 과학의 일반적인 현상이며, 지질학적 파괴, 얼음 균열, 지진 단층, 화산 폭발, 퇴적암의 균열, 생물학적 골절, 인공 파괴 등이 있다.

/prompt pattern of cracks and fractures --s 50 --v 6.0 --style raw

06

효과와 매체

이미지를 생성할 때 재료나 도구 그리고 효과의 선택은 작가가 메시지를 어떻게 표현하고 전달할지에 영향을 미친다. 그리고 작가와 관람자의 전반적인 경험에 영향을 준다. 따라서, 각 매체의 독특한 특성을 이해하고 적용해 봄으로서 자신만의 다양한 언어로 발전시킬 수 있다. 이번 장에서는 이미지에 시각적 효과와 매체를 부여하여 독특하고 매력적으로 만들기 위하여 풍경, 기후, 빛, 시점, 시각적 스타일 등 다양한 효과와 매체를 사용한 표현법에 대해 알아본다.

/prompt four seasons affecting the architectural atmosphere --v 6.0 --s 50 --style raw

06-1 풍경

풍경은 우리가 살아가는 공간의 배경을 이루며, 그 안에 담긴 자연과 인간 활동의 증거를 통해 우리에게 깊은 의미와 느낌을 전달한다. 풍경 속의 각 구성 요소는 단순한 장식 이상의 역할을 하며, 건축물과 자연이 서로 상호 풍경은 건축물을 더욱 눈에 띄게 하고 환경과의 조화를 이루어내며, 건물과 자연의 상호 작용을 보여준다. 구성요소로는 나무, 잔디, 식물, 바위 등의 자연 요소, 호수, 연못, 분수 등의 물 요소, 언덕, 계곡, 산 등의 지형 요소, 다리, 도로, 교량 등의 인프라 구조물, 조각물 등이 있다.

산 (Mountain)

/prompt minimalistic, contemporary style, wood house on the remote mountain --v 6.0 --s 50 --style raw

숲(Forest)

/prompt contemporary style, house in the rain forest --v 6.0 --s 50 --style raw

해변(Beach)

/prompt contemporary style, tiny house on the beach --v 6.0 --s 50 --style raw

수변가(Waterfront)

/prompt contemporary style, housing at the waterfront --v 6.0 --s 50 --style raw

배산임수(Mountain and River)

/prompt contemporary style, house, with a yard, mountain in the back, river in the front, next to the waterfall --v 6.0 --s 50 --style raw

도시(City)

/prompt contemporary style, in the penthouse, overlooking city, at night --v 6.0 --s 50 --style raw

다리(Bridge)

/prompt drone view, futuristic style, cafe on a bridge in the city --s 50 --v 6.0 --style raw

06-2 날씨

날씨는 단순히 온도와 습도, 강수량과 같은 기후 조건을 넘어서, 우리의 일상생활, 감정 상태, 활동 계획에 깊이 영향을 미치는 중요한 요소이다. 건축물에서의 날씨는 건물이 위치한 지역의 현재 또는 특정 시점의 날씨 상태를 나타내는 요소이며 현실적이고 생동감 있는 장면을 만들어 내기 위하여 다양한 종류의 날씨를 고려하는 것이 중요하다. 주요한 날씨의 종류로는 맑은 날씨, 흐린 날씨, 비, 눈, 안개, 태풍, 봄 · 여름 · 가을 · 겨울의 계절적 변화 등이 있다.

햇빛 (Sunlight)

/prompt contemporary style, hotel, strong sunlight, in the desert --v 6.0 --s 50 --style raw

구름 (Cloud)

/prompt cloudy, contemporary style, in the room of hotel, overlooking the ocean --v 6.0 --s 50 --style raw

안개 (Misty)

/prompt afrofuturistic style, resort, misty, in the dense forest --v 6.0 --s 50 --style raw

눈(Snow)

/prompt contemporary style, heavily snowing, ski resort in the high mountains --v 6.0 --s 50 --style raw

비(Rain)

/prompt heavy raining minimalistic style a glass house in a rain --v 6.0 --s 50 --style raw

06-3 빛과 조명

빛과 조명은 건축의 내외공간에서 단순히 공간을 밝히는 기능을 넘어서, 공간의 분위기를 조성하고, 건축물의 아름다움을 드러내며, 사용자의 경험을 풍부하게 만드는 데 핵심적인 역할을 한다. 자연광의 시간대별 빛과 인공광의 다양한 종류와 색상 그리고 그림자를 효과적으로 활용하여 사용자의 경험을 향상시킬 수 있다.

새벽(Dawn)

/prompt at dawn, misty, contemporary style, house --v 6.0 --s 50 --style raw

정오(Noon)

/prompt at noon, contemporary style, simple, house --v 6.0 --s 50 --style raw

황혼(Golden hour)

/prompt golden hour, silhouette light, contemporary style, house --v 6.0 --s 50 --style raw

밤(Night)

/prompt at night, artificial light, contemporary style, house --v 6.0 --s 50 --style raw

일출(Sunrise)

/prompt sunrise, foggy, sunlight streaming, simple, contemporary style, living room --v 6.0 --s 50 --style raw

자연광(Natural light)

/prompt natural light and shadow, simple, contemporary style, living room --v 6.0 --s 50 --style raw

인공광(Artificial light)

/prompt at night, artificial light, simple, contemporary style, living room --v 6.0 --s 50 --style raw

황색등(Amber light)

/prompt at night, amber light, simple, contemporary style, living room --v 6.0 --s 50 --style raw

네온(Neon)

/prompt at night, neon, simple, contemporary style, living room --v 6.0 --s 50 --style raw

06-4 시점

시점(Viewpoint)의 선택은 건축물이나 공간을 경험하는 방식에 결정적인 영향을 미치며, 디자인의 의도를 전달하는 데 있어 핵심적인 역할을 한다. 시점은 관찰자가 건물 또는 공간을 바라보는 시점이나 위치를 의미하며 결과물의 외관과 느낌을 결정짓는 중요한 요소 중 하나이다. 시점의 특징인 시야각도(Field of view), 시야 높이와 관찰 거리의 변화와 아래의 다양한 종류를 이해하고 적절한 활용이 필요하다.

탑뷰(Top view)

/prompt top view, contemporary skyscraper --v 6.0 --s 50 --style raw

항공 뷰(Bird's-eye view, Drone view, Aerial view)

/prompt bird's-eye view, contemporary skyscraper --v 6.0 --s 50 --style raw

도로 뷰(Street view)

/prompt street view, contemporary skyscraper --v 6.0 --s 50 --style raw

앙시도(Worm's-eye view)

/prompt worm's-eye view, contemporary skyscraper --v 6.0 --s 50 --style raw

기타 요소

/prompt photography, tourist on the sidewalk, a sport car on the coast road, a small plane in the sky, a yacht on the sea --v 6.0 --s 50 --style raw

/prompt photograph, a temple in the desert, a dog and a bird in the distance --v 6.0 --s 50 --style raw

/prompt street view, contemporary skyscraper, slow shutter speed --s 50 --v 6.0 --style raw

06-5 사진작가

건축 사진을 디테일하게 표현하기 위해서 수동 모드를 활용하는 것은 사진가가 전체적인 이미지의 품질을 제어할 수 있게 해준다. 이때 렌즈의 선택, 조리개 값(f-stop), 셔터 스피드 등을 섬세하게 조절하는 것이 중요하다. 이러한 설정들은 건축물의 질감, 조명, 그리고 공간의 깊이를 포착하는 데 있어 필수적인 요소다. 미드저니는 이러한 설정들을 어느 정도 조절할 수 있지만, 건축 사진 작가의 스타일을 연구하고, 그들이 사용하는 기술과 접근 방식을 이해하는 것을 권장한다.

기본 프롬프트 [Photographed by]와 [Inspired of]

총 10명의 건축사진으로 유명한 사진가와 독특한 스타일의 사진으로 유명한 사진가는?

건축 사진으로 유명한 5명의 사진가와 독특한 스타일의 사진으로 유명한 5명의 사진가를 소개합니다.

건축 사진으로 유명한 5명의 사진가

1. Julius Shulman (**줄리어스 슐만, 238페이지**): 남캘리포니아의 중세 모던 건축물을 중심으로 한 작품으로 유명한 미국의 건축 사진가.

2. Ezra Stoller (**에즈라 스톨러, 237페이지**): 현대주의 건축물을 기록한 작품으로 유명한 미국의 건축 사진가.

3. Balthazar Korab (**발타자르 코랍**): 에로 사리넨과 같은 건축가들의 작품을 찍어 유명한 헝가리계 미국인 건축 사진가.

4. Iwan Baan (**이완 반**): 현대 건축사진 분야에서 독특한 시각과 접근 방식으로 알려진 사진가.

5. Hélène Binet (**엘렌 비네, 236페이지**): 흑백 사진으로 건축물의 아름다움과 분위기를 표현한 스위스 - 프랑스 건축 사진가.

독특한 스타일의 사진으로 유명한 5명의 사진가

1. Cindy Sherman (**신디 셔먼**): 자체 포트레이트로 유명한 미국의 컨셉추얼 아티스트이자 사진가.

2. David LaChapelle (**데이비드 라샤펠, 239페이지**): 팝아트와 현대 문화를 반영한 화려하고 독특한 작품으로 유명한 미국의 사진가.

3. Daido Moriyama (**다이도 모리야마**): 일본의 노후 블랙 앤드 화이트 사진가로, 독특하고 모호한

구도의 작품을 선보이는 예술가.

4. Ellen von Unwerth (엘렌 폰 운베르트): 독일의 사진가로, 여성적이고 섹슈얼한 작품으로 유명한 패션 포토그래퍼.

5. Gregory Crewdson (그레고리 크루드슨, 239페이지): 미국의 컨셉추얼 사진가로, 영화적이고 드라마틱한 사진을 통해 독특한 스타일을 보여주는 예술가. 이들은 각자 독특한 시각과 스타일을 가진 건축사진 분야의 유명한 사진가들이다.

헬렌 비네 (Hélène Binet, 1959~)

스위스계 프랑스의 건축 사진작가이며 Daniel Libeskind와 Peter Zumthor 그리고 Zaha Hadid와의 작업으로 가장 잘 알려져 있다. 병산서원, 종묘 등 국내를 여행하면서 찍은 사진집 "The Intimacy of Making"을 출간하였다.

/prompt photography, a building, photographed by helene binet --v 6.0 --s 0 --style raw

에즈라 스톨러(Ezra Stoller, 1915~2004)

미국 건축 사진작가이며, Frank Lloyd Wright의 Guggenheim Museum과 Ludwig Mies van der Rohe의 The Seagram Building 그리고 Eero Saarinen의 the TWA Terminal 등 많은 상징적인 건물들의 사진을 촬영하였다.

/prompt photography, a building, photographed by ezra stoller --v 6.0 --s 0 --style raw

칸디다 회퍼(Candida Höfer, 1944~)

독일의 사진작가이며, 그녀의 작업은 기술적인 완벽함과 엄격한 개념적 접근으로 잘 알려져 있다. 국내에서도 몇 번의 사진전을 개최하였다.

/prompt photography, a building, photographed by candida hofer --v 6.0 --s 0 --style raw

줄리어스 슐만 (Julius Shulman, 1910~2009)

미국의 건축 사진작가이며, "Case Study House #22, Los Angeles, 1960. Pierre Koenig, Architect."로 가장 잘 알려졌다.

/prompt photography, a building, photographed by julius shulman --v 6.0 --s 0 --style raw

테클라 에벨리나 세베린 (Tekla Evelina Severin, 1981~)

스웨덴의 컬러리스트, 디자이너, 사진작가이며, 강렬한 색채구성과 쾌활하고 유희적인 예술적 표현을 하는 작가로 알려져 있다.

/prompt photography, a building, strong color composition, graphically playful artistic expression, photographed by tekla evelina severin --v 6.0 --s 0 --style raw

데이비드 라샤펠 (David LaChapelle, 1963~)

미국의 사진가, 뮤직비디오 감독, 영화 감독이며, 팝아트와 현대 문화를 반영한 사진가로, 색감 풍부하면서도 독특하고 화려한 작품 스타일로 유명하다

/prompt photography, a building, photographed by david lachapelle --s 0 --v 6.0 --style raw

그레고리 크루드슨 (Gregory Crewdson, 1962~)

미국의 사진가이며, 컨셉추얼 사진가로, 영화적이고 드라마틱한 사진을 찍어 독특한 스타일을 보여주는 것으로 유명하다.

/prompt photography, a building, photographed by gregory crewdson --v 6.0 --s 0 --style raw

조엘 피터 윗킨(Joel-Peter Witkin, 1939~)

미국의 사진가이며, 컨셉추얼 사진가로, 고전적인 테마와 현대적인 요소를 결합한 독특한 작품으로 알려져 있다.

/prompt photography, a building, photographed by joel-peter witkin --v 6.0 --s 0 --style raw

히로시 스기모토(Hiroshi sugimoto, 1948~)

일본의 사진가, 건축가이며, 컨셉추얼 사진가로, 장시간 노출을 이용해 자연과 문화의 흔적을 남긴 작품으로 유명하다.

/prompt photography, a building, photographed by hiroshi sugimoto --s 0 --v 6.0 --style raw

06-6 매체

이미지를 생성할 때 사용하는 재료나 도구의 선택은 작가가 메시지를 어떻게 표현하고 전달할지에 영향을 미친다. 이러한 매체(Medium)의 선택은 시각적 스타일, 실용적 측면, 그리고 작가와 관람자의 전반적인 경험에 영향을 준다.

매체를 정확하게 선택하지 않으면 프롬프트가 아무리 상세하더라도 매체가 무작위로 지정되므로 출력되는 이미지는 일관성이 없이 변동이 심할 수 있다. 여기서 매체는 물질, 표면, 기술의 범주로 나누어 볼 수 있다. 물감, 연필, 붓 등의 그리는 도구인 물질과 종이, 천 등의 표면, 그리고 사진, 인쇄, 콜라주 등의 기술이 있다. 이러한 각 매체의 독특한 특성을 이해하고 정확히 적용해 봄으로써, 자신만의 다양한 언어로 발전시킬 수 있다.

사진(Photography)

/prompt a variety of photographs of buildings --v 6.0 --s 50 --style raw

프롬프트 키워드 [photography]

/prompt photography, contemporary style, glass house --v 6.0 --s 50 --style raw

유화(Oil painting)

/prompt a variety of oil painting of buildings --v 6.0 --s 50 --style raw

/prompt oil painting, contemporary style, glass house --v 6.0 --s 50 --style raw

스케치(Sketch)

/prompt a variety of sketch of buildings --v 6.0 --s 50 --style raw

/prompt pencil sketch, contemporary style, glass house --v 6.0 --s 50 --style raw

일러스트레이션(2D·3D illustrations)

/prompt a variety of 2D illustrations of buildings --v 6.0 --s 50 --style raw

/prompt illustrations, contemporary style, glass house --v 6.0 --s 50 --style raw

수채화(Water color painting)

/prompt a variety of water color paintings of buildings --v 6.0 --s 50 --style raw

/prompt water color paintings, contemporary style, glass house --v 6.0 --s 50 --style raw

삽화(Infographic illustration)

/prompt a variety of infographic illustration of buildings --v 6.0 --s 50 --style raw

/prompt infographic illustration, centemporary style, glass house --v 6.0 --s 50 --style raw

컬러링 북(Coloring book)

/prompt a variety of coloring book of buildings --v 6.0 --s 50 --style raw

/prompt coloring book, contemporary style, glass house --v 6.0 --s 50 --style raw

콜라주(Collage of drawing)

/prompt a variety of collage of drawing of buildings --v 6.0 --s 50 --style raw

/prompt collage of drawing, contemporary style, glass house --v 6.0 --s 50 --style raw

애니메이션(Anime)

/prompt a variety of animations of buildings --v 6.0 --s 50 --style raw

/prompt retro anime, contemporary style, glass house --v 6.0 --s 50 --style raw

모형(Model)

/prompt a variety of models of buildings --v 6.0 --s 50 --style raw

/prompt model, minimal, contemporary style, glass house --v 6.0 --s 50 --style raw

책 표지(Book cover)

/prompt a variety of book cover of buildings --v 6.0 --s 50 --style raw

/prompt book cover design, "contemporary glass house", contemporary style, glass house --v 6.0 --s 50 --style raw

로고 디자인(Logo design)

/prompt a variety of logos of buildings --v 6.0 --s 50 --style raw

/prompt logo design, extreme simple, black and white, flat, line, vector, cabin --v 6.0 --s 50 --style raw

영화(Film)

/prompt a variety of films of buildings --v 6.0 --s 50 --style raw

/prompt High-rise urban hotel, in the style of blade runner directed by ridley scott --v 6.0 --s 50 --style raw

07

AI 기반 도구들

미드저니는 프로젝트의 초기 단계에 창조성과 영감을 불러일으키기 위한 강력한 도구임에는 틀림없지만, 건축 환경을 그릴 때 실제의 형태와 크기로 구현하는 것은 상당히 어렵다. 예를 들어, 실제 주변 상황의 표현이나 현실적인 스케일의 적용 등은 프롬프트를 아무리 잘 짜더라도 구현이 힘들다. 이번 장에서는 이런 부분을 보완하거나 또 다른 장점을 가지고 있는 AI 기반의 프로그램들을 알아보도록 한다.

/prompt artificial intelligence programs drawing urban environment --v 6.0 --style raw --s 50

07-1 스케치업과 베라스

미드저니에서 현실적인 구현과 관련된 다양한 문제점을 해결하기 위한 한 가지 방법은 기존 3D모델링 소프트웨어에서 모델링작업을 하고 AI기반의 플러그인에서 렌더링을 하는 것이다. 베라스(Veras)라는 플러그인은 스케치업(SketchUp), 레빗(Revit), 라이노(Rhino)와 같은 3D 모델링 소프트웨어에 설치하여 AI기반의 미드저니와 같이 프롬프트를 이용한 렌더링을 가능하게 해준다.

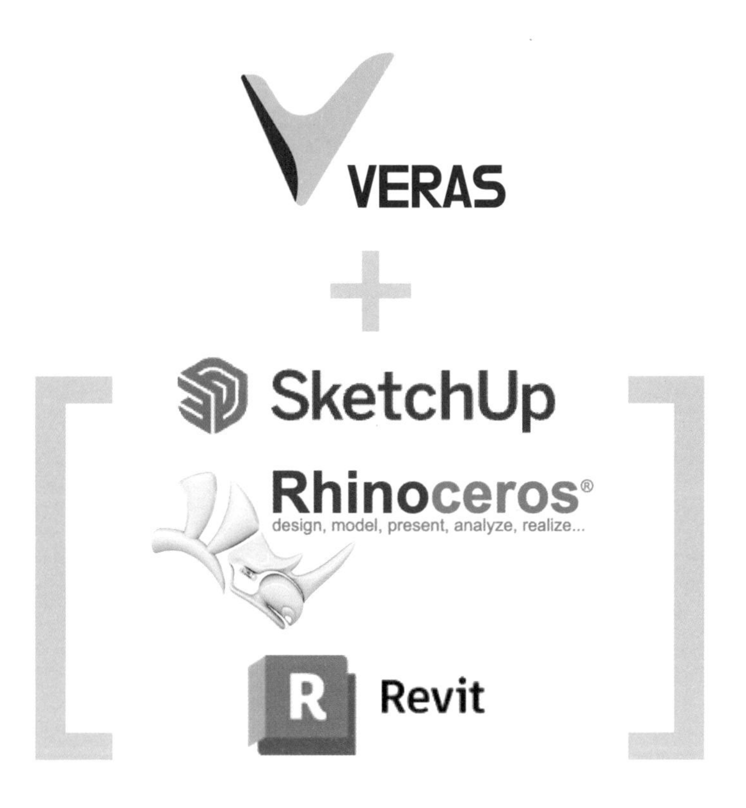

위 3개의 모델링 툴은 모두 기능이 막강하면서도 서로 성격이 다르다. 개인적인 사용 경험에서 보면, 스케치업은 기능이 가장 간단하여 전공자가 아닌 일반인의 접근이 상대적으로 쉬운 모델링 툴이고, 라이노는 스케치업보다는 더욱 정교하고 확장성이 매우 유연한 툴이다. 라이노의 강력한 기능인 그래스 호퍼를 이용하면 다양한 변수를 생성하여 파라메트릭한 디자인이 가능하다. 레빗은 조금 더 기술적이고 전문적인 3D 모델링 프램그램이며, 타 분야와 협업하여 설계, 시공, 유지관리의 수행이 가능하다.

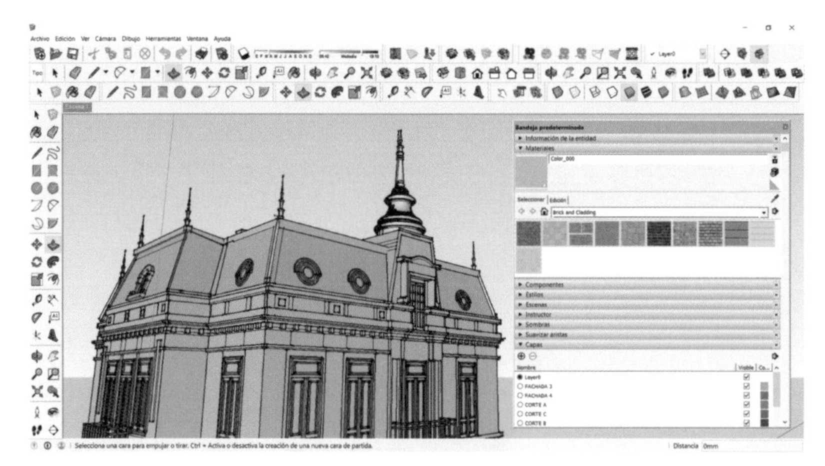

| 스케치업 인터페이스 (https://www.sketchup.com) |

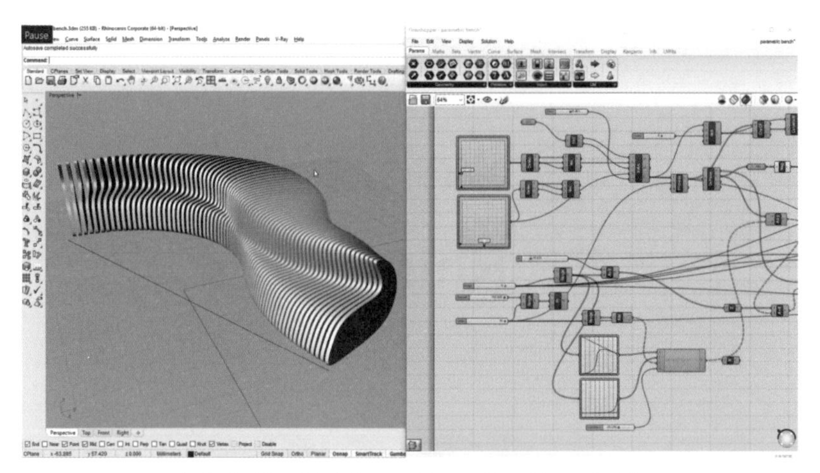

| 라이노 인터페이스 (https://www.rhino3d.com/kr) |

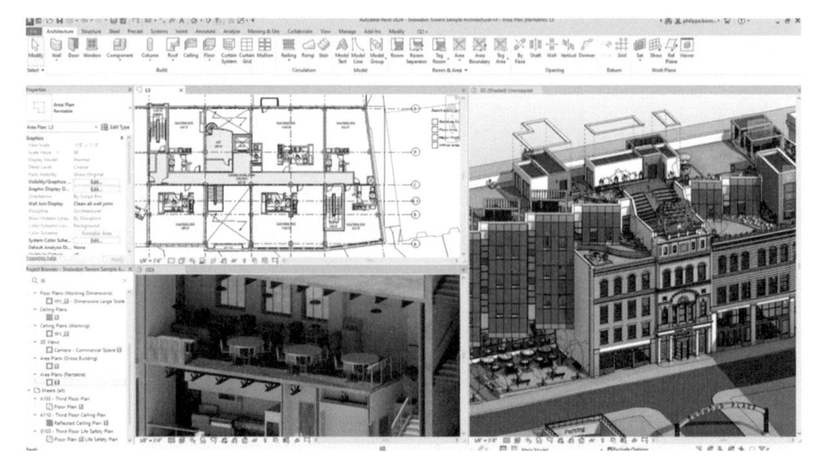

| 레빗 인터페이스 (https://www.autodesk.co.kr/products/revit) |

스케치업에서 베라스 모델 준비하기

베라스의 주요 기능을 알아보기 위하여 스케치업에서 샘플 모델을 다운로드하고 베라스를 실행하여 렌더링을 진행한다.

1 스케치업의 샘플 모델은 무료 모델링 라이브러리인 3D Warehouse에 들어간다. 다음과 같이 ❶[파일] – ❷[3D Warehouse] – ❸[모델 공유] 메뉴를 선택하여 들어간다.

https://3dwarehouse.sketchup.com으로 직접 들어가도 된다.

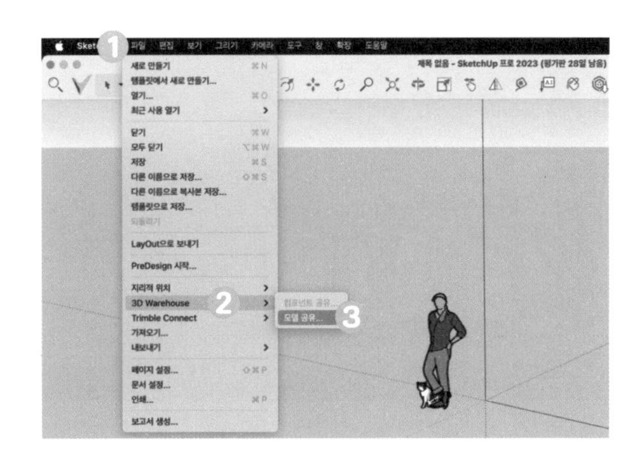

2 3D Warehouse 사이트에서 작업을 위한 ❶샘플 도면을 찾아 ❷다운로드한다.

도면 출처: John Randal McDonald Vanderbeke House by John Luttropp in SketchUp 3D Warehouse

해당 파일은 [학습자료] 폴더에 포함되어 있음

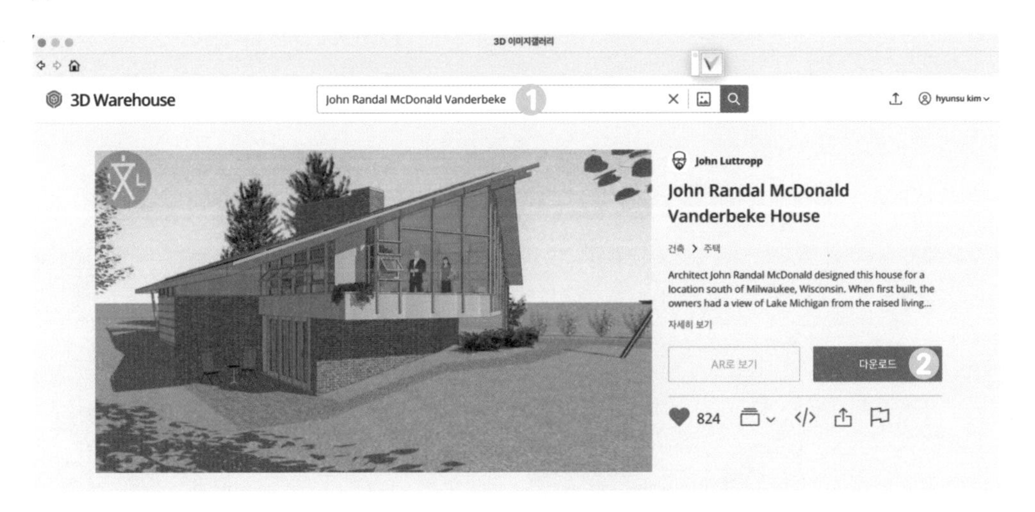

3 스케치업에서 다운로드한 파일을 열고, 사전에 설치한 베라스의 아이콘을 클릭하면, 베라스가 자동 실행된다.

기능 살펴보기

베라스의 화면 구성은 Explore, Compose, Refine의 3개의 탭으로 되어 있다. 이제 각각의 기능을 살펴보기로 한다.

탐색 (EXPLORE)

❶탐색 탭으로 가면, 간단하게는 베라스에서 제공하는 ❷여러 건물 유형 스타일을 곧바로 적용하여 렌더링을 시작할 수 있으며, 또는 바로 프롬프트를 만들어서 렌더링 작업도 가능하다.

구성 (COMPOSE)

❶구성은 베라스의 주요 ❷설정 기능들이 모여 있는 탭이다. 형태 제어, 재질 제어, 이미지 크기 조정, 프롬프트 입력, 프롬프트 강도 조절의 기능이 있다. 우선 적절한 프롬프트를 완성하고 다음으로 각각의 제어값을 변경하도록 한다.

Geometry Override

모델의 형태를 변경하는 정도를 결정한다. 창의적인 형태를 원할수록 값을 올리도록 하며, 반면에 건축물의 형태는 유지하되 부분적으로 변경하고자 하는 경우는 값을 낮추도록 한다.

❶ Geometry Override = 0 형태가 일부 변형
❷ Geometry Override = 50 형태가 다소 변형
❸ Geometry Override = 100 형태가 상당히 변형

Material Override

수치 값이 낮으면 원형의 재질이나 색상을 유지하고 값을 올리면 더 다이내믹인 변화를 만들어 낸다.

① Material Override = 0
② Material Override = 50
③ Material Override = 100

Prompt

프롬프트는 그림을 어떻게 그릴(생성할) 것인지 입력하는 명령 텍스트로 다음과 같은 규칙을 따른다.

① 언어는 현재 영어만을 지원한다.

② 문장들은 서로 쉼표로 구분한다.

good: brown carpet, back sofa, living room

bad: a living room with a black sofa and a brown carpet

③ 일부 프롬프트를 강조하려면 괄호를 사용할 수 있으며 강조를 강하게 하기 위하여 여러 개의 괄호를 사용할 수 있다.

red house, (((on the moon))), (with view of earth in the background)

④ 모호함 보다는 구체적인 표현이 좋다.

good: white walls, white ceiling, forest seen through large windows

bad: white room, in a forest

⑤ 너무 구체적이거나 부분을 강조되면 의도치 않은 결과가 생길 수도 있다.

good: office chair with a black frame and a black mesh, office

bad: ((steelcase chair series 2 model B08L8J6BYV)), office

⑥ **명확한 표현을 위하여 챗GPT의 도움을 받도록 한다.**

⑦ **아래의 작업 프로세스로 진행한다.**

간단한 프롬프트로 시작한다

몇 번 렌더링 테스트를 한다.

분위기, 스타일, 날씨 등의 추가 요소들을 점진적으로 추가한다.

다시 렌더링 테스트를 수행한다.

Prompt Strength

프롬프트의 적용 강도로써 값이 낮으면 프롬프트의 영향을 적게 받고, 높으면 프롬프트가 적용된 더 극적인 결과를 얻을 수 있다.

① **Prompt Strength = 0** 프롬프트(Futuristic style) 일부 반영
② **Prompt Strength = 60** 프롬프트 다소 반영
③ **Prompt Strength = 100** 프롬프트 상당히 반영

개선 (REFINE)

①개선은 부분적으로 이미지 수정할 경우 일부만 선택하여 프롬프트를 재정의하여 렌더링을 할 수 있다. 건축물 입면의 일부, 주변 배경, 가구의 디자인 등을 선택적으로 변경하고자 할 때 유용하다. 사용법은 변경하고자 하는 ②영역(창 부분)을 클릭하여 선택한 후 우측 설정 기능들이 있는 ③Compose 탭의 옵션들을 변경하면 된다.

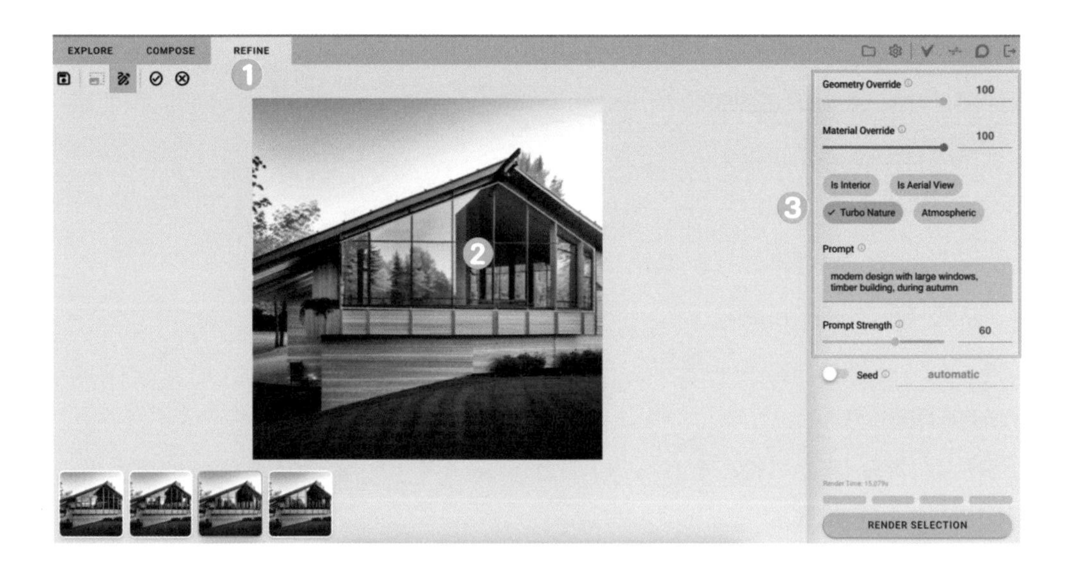

☑ Seed는 컴피 유아이의 265페이지 4번 세부 설정에서 자세히 설명하고 있으므로 해당 페이지에서 설명하는 내용을 참고한다.

07-2 스테이블 디퓨전(SD)

스테이블 디퓨전(Stable diffusion)은 오픈소스 라이선스로 배포된 이미지 생성 AI 모델이다. 앞서 살펴본 미드저니와 비교하면 사용법이 다소 복잡한 반면에 다양한 선택 옵션으로 섬세한 조정이 가능하여 상대적으로 디테일한 결과물을 얻을 수 있다. 스테이블 디퓨전이 오픈소스 모델이기에 이를 구동하기 위한 다양한 프로젝트들이 있다. 현재 가장 많이 사용하는 스테이블 디퓨전 웹 유아이(Stable diffusion web UI)가 있고, 기능이 간단하여 사용하기 쉬운 디퓨전 비(DiffusionBee)라는 맥용 앱이 있으며, 사용자 층을 넓혀가고 있는 노드(Node) 방식의 컴피 유아이(ComfyUI) 등이 대표적이다.

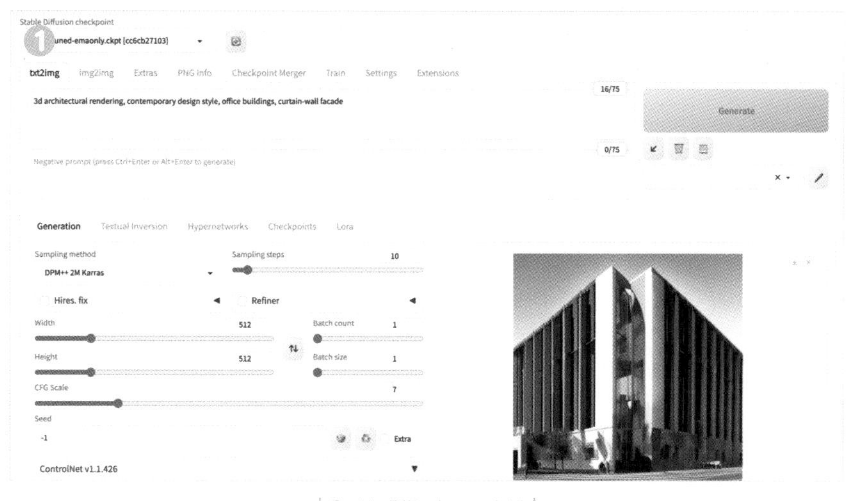

| Stable Diffusion webUI |

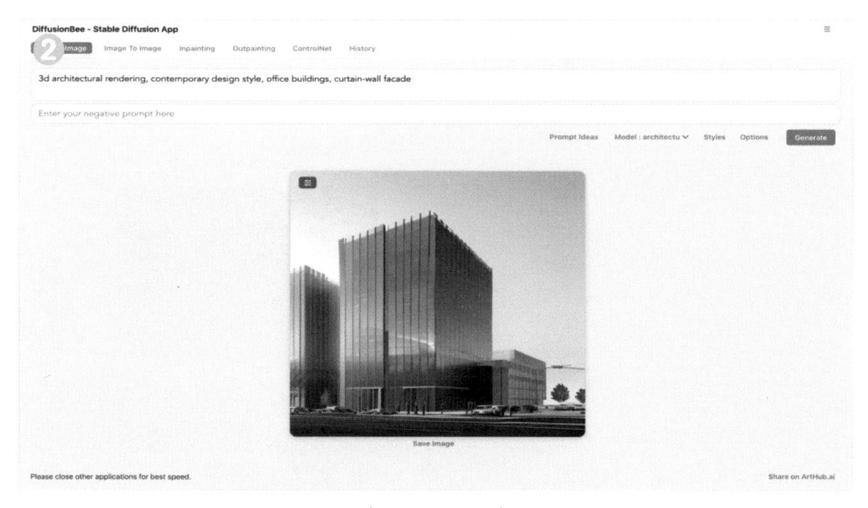

| DiffusionBee |

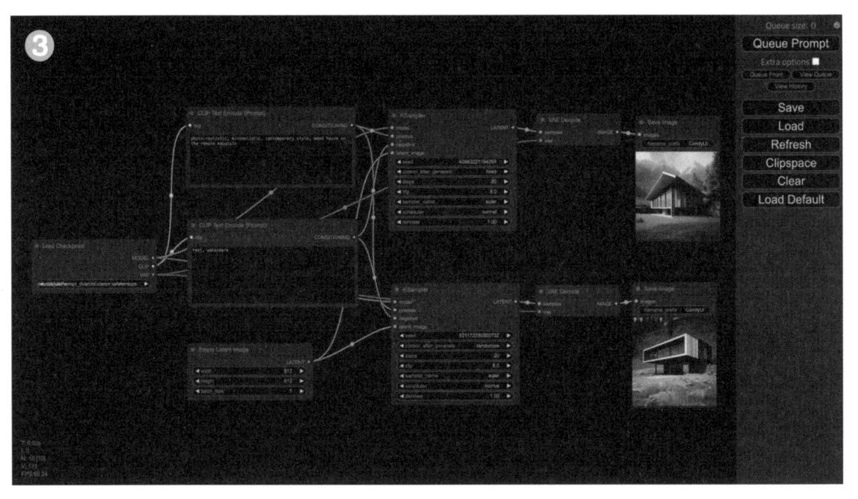

| ComfyUI |

① **Stable Diffusion web UI 받기** https://github.com/AUTOMATIC1111/stable-diffusion-webui
② **DiffusionBee 받기** https://diffusionbee.com
③ **ComfyUI 받기** https://github.com/comfyanonymous/ComfyUI

디퓨전 비에서 이미지 생성하기

디퓨전 비의 주기능인 Text to Image는 프롬프트 생성규칙에 있어 미드저니와 설명이 다소 겹치므로 생략하기로 하고, 건축 스케치를 렌더링하기 위하여 컨트롤넷(ControlNet)을 다뤄보도록 한다. 컨트롤넷은 이미지에 깊이감을 주거나 완성도를 높이기 위해서 필수적이다. 스테이블 디퓨전 웹유아이나 컴피유아이에서는 이것을 추가로 설치를 해야 하지만, 디퓨전 비에서는 그 기능이 내장되어 있다. ControlNet Model에서 Depth는 깊이감을 나타내기 위하여 사용하며, 흰색에 가까울수록 가까운 거리를 나타낸다.

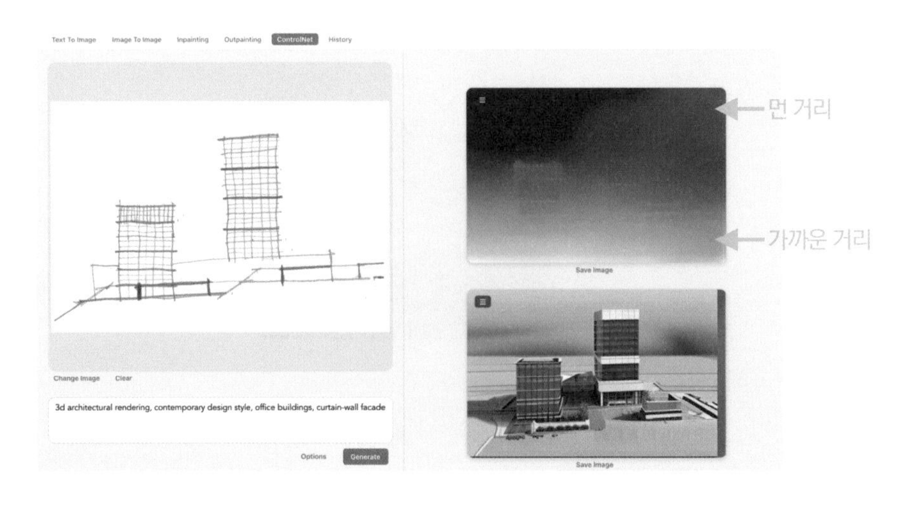

1 렌더링을 위한 이미지 준비 사용할 이미지는 그림처럼 펜으로 스케치한 뒤 촬영해서 준비하거나 포토샵 같은 그래픽(이미지) 편집기에서 작업하여 준비한다.

[학습자료] – [건물 스케치] 파일 활용

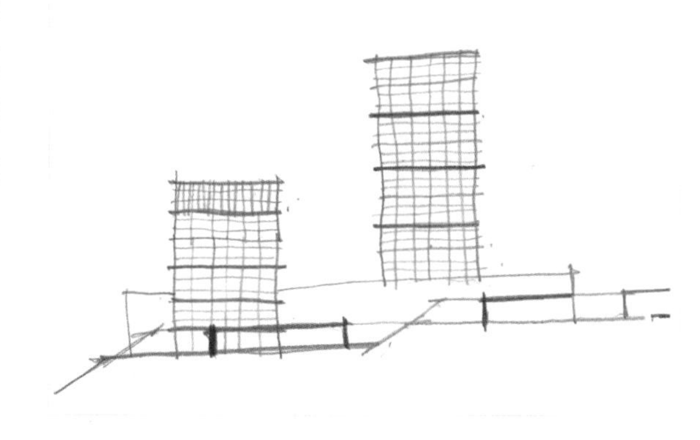

2 디퓨전 비를 실행하고 ❶컨트롤넷 탭을 누른 뒤 ❷Click to add input image를 클릭하면 나타난 브라우저에서 앞서 준비한 이미지 파일를 가져온다.

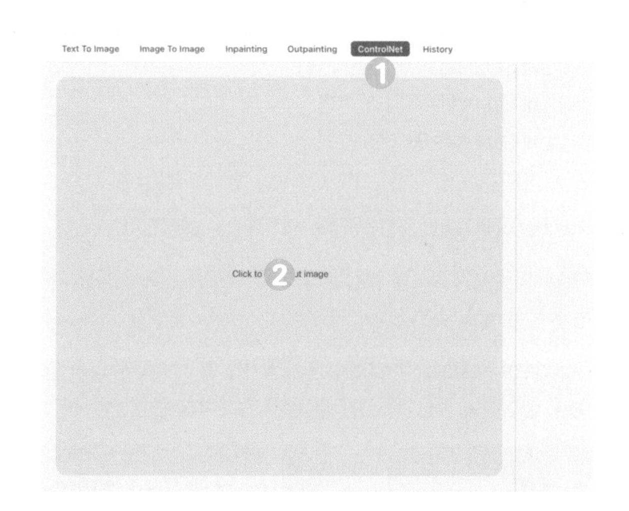

3 변경하고자 하는 내용을 ❶프롬프트로 작성하고, ❷옵션을 설정한다. 그리고 ❸Generate 버튼을 누른다. 그러면 가져온 스케치의 형태와 근접한 건축 이미지가 생성된다.

/prompt 3d architectural rendering, contemporary design style, office buildings, curtain-wall facade

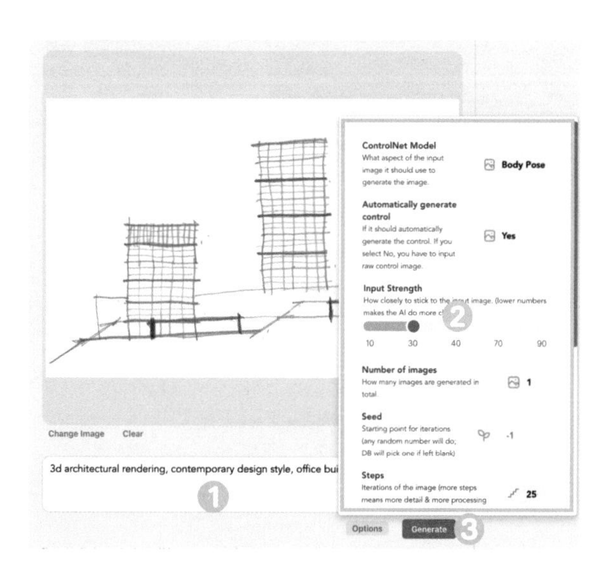

설정 옵션(기능) 살펴보기

ControlNet Model 거리감을 줄 수 있는 Depth를 설정할 수 있다.

Input Strength 원본 이미지의 변형 정도를 설정한다. 스케치의 형태를 최대한 유지하기 위하여 높은 값을 입력한다. 값이 낮을 수록 많은 변형이 생긴다.

① **Input Strength = 0** 상당히 변형
② **Input Strength=50** 다소 변형
③ **Input Strength=90** 일부 변형

Number of images 생성할 이미지의 개수를 설정한다.

Steps 디테일의 정도를 설정한다. 처리 속도를 위해 처음엔 가볍게 10 정도로 설정하며, 최종 이미지 작업 시에는 높은 값을 할당한다.

Guidance Scale 값이 낮을수록 프롬프트에 구속되지 않는 창조적인 결과를 얻을 수 있으나, 비현실적이기도 하다. 현실적이고 정확한 결과를 얻기 위하여 높은 값을 설정하는 것이 유리하다.

① **Guidance Scale = 0**
② **Guidance Scale = 10**
③ **Guidance Scale = 20**

Custom Model 적용하고자 하는 모델을 선택할 수 있다. 다음의 그림처럼 CIVITAI의 웹사이트에서 건축, 인테리어를 포함하여 다양한 모델을 다운로드받아 사용할 수 있다.

CIVITAI 웹사이트는 https://civitai.com이다.

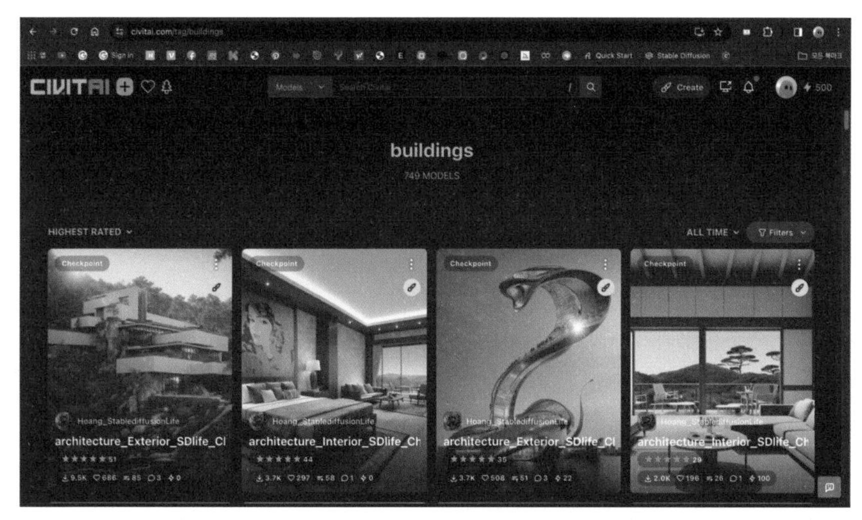

| CIVITAI 웹사이트 |

Negative Prompt Negative Prompt를 Enable(활성화)하여 생성되는 이미지에서 없애고자 하는 것들을 프롬프트 창에 입력한다.

4 앞서 Generate 버튼을 클릭하면 다음과 같이 설정된 옵션 값에 맞게 이미지가 생성된다.

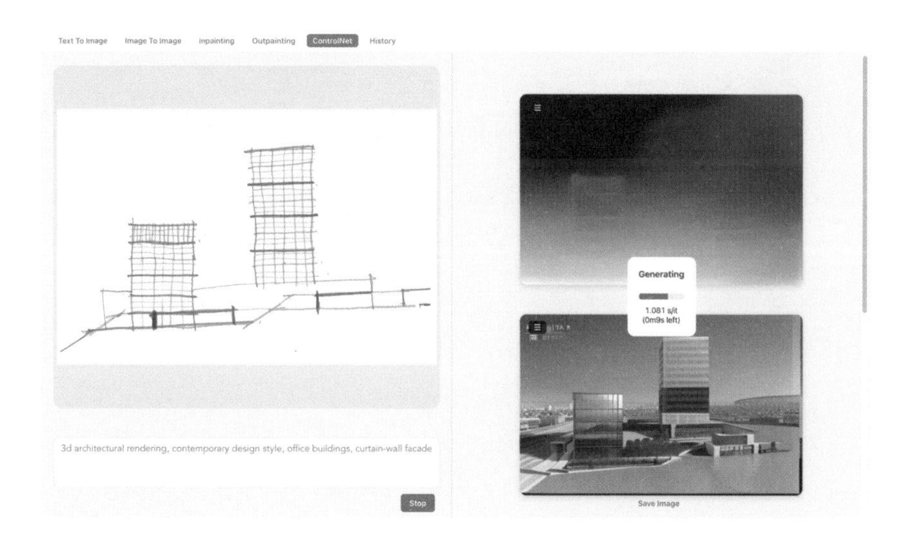

5 **히스토리(History) 탭 활용** 생성된 이미지는 다음의 그림처럼 ①히스토리 탭의 생성된 이미지 상단에 있는 ②메뉴를 통해 ③[저장(Save image), 업스케일(Upscale), 인페인트(Inpaint)]가 가능하다.

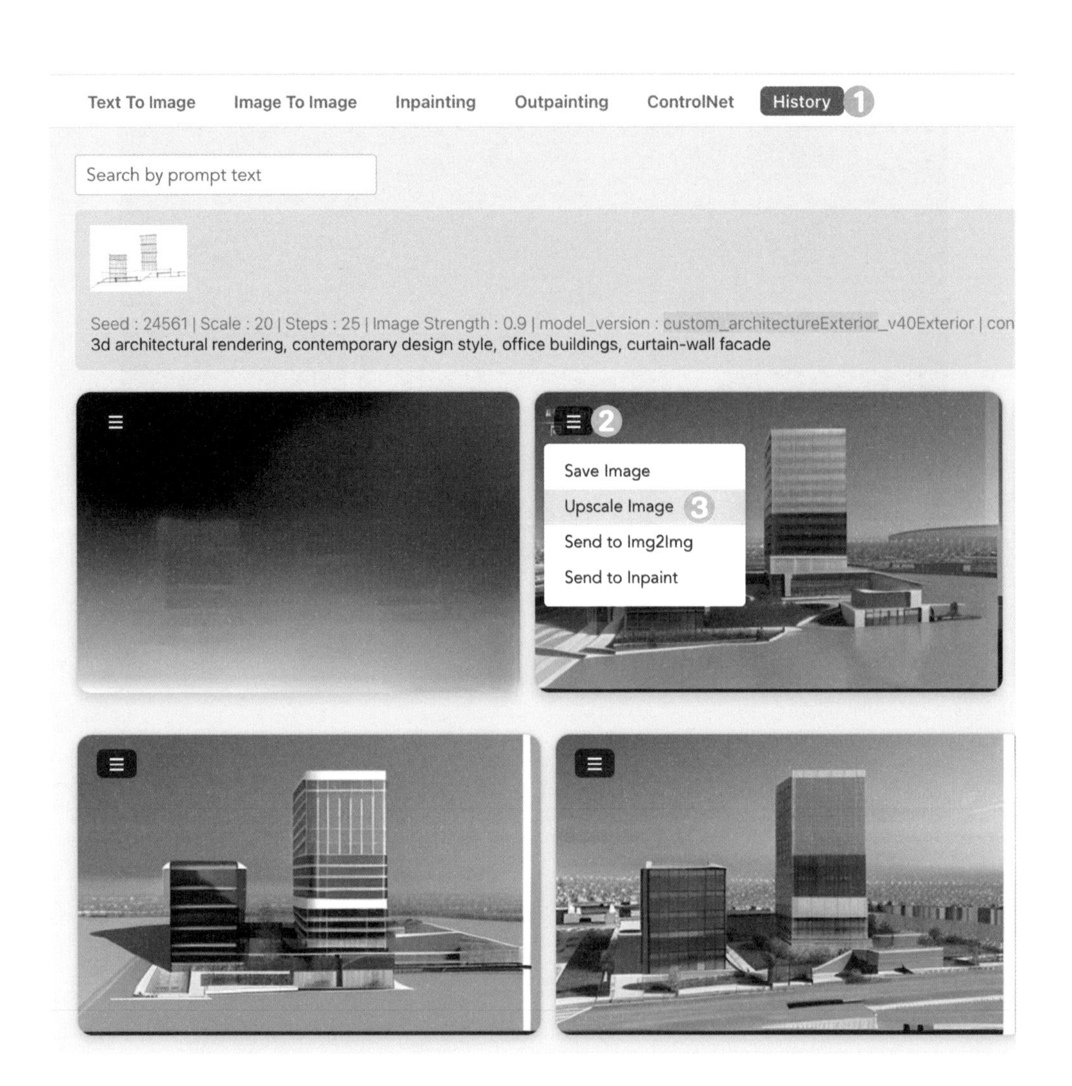

컴피 유아이에서 이미지 생성하기

컴피 유아이(ComfyUI)는 스테이블 디퓨전 웹 유아이에 비하면 시스템 리소스를 적게 사용하여 가볍고 빠르며 데이터의 전체 흐름을 파악하기 쉽다. 화면 구성은 각각의 기능을 가진 수많은 노드(Node)로 인하여 처음엔 복잡해 보이나 조금만 익숙해 지면, 오히려 더 편하게 능률적인 작업이 가능하다.

노드라는 서로 다른 기능을 가진 박스(Node)들을 연결하여 전체 워크플로우를 형성한다. 노드의 왼쪽이 입력, 오른쪽이 출력을 담당하며, 노드와 노드는 같은 색상끼리 연결하도록 한다. 시작 화면은 다음과 같이 총 7개의 기본 노드로 구성되어 있으며, 필요한 기능에 따라 노드를 계속 추가할 수 있다.

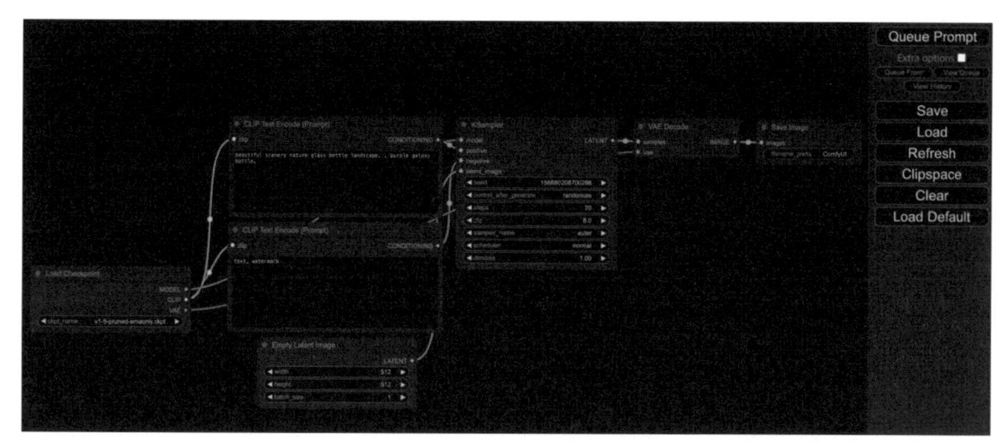

| 컴피 유아이의 시작화면 |

이렇게 컴피 유아이에서 만들어진 워크플로우는 json 포맷으로 저장되며, Openart.ai에서는 기본 워크플로우 템플릿을 공유하기도 한다.

OpenArt.ai의 웹사이트는 https://openart.ai/workflows/templates이다.

| OpenArt.ai |

1 모델 불러오기 (Load Checkpoint) 앞서 살펴본 CIVITAI 웹사이트에서 작업에 사용할 체크포인트(Checkpoint) 또는 모델을 다운로드한 후 다음의 그림처럼 컴피 유아이에서 가져온다. Checkpoint 또는 모델을 선택하고 불러오는 노드이며, CIVITAI사이트의 다양한 모델 중 건축물에 적합한 모델(https://civitai.com/models/84958/architecturerealmix)을 골라 다운로드하고 컴피 유아이의 하위 폴더인 models에 저장하고, Load Checkpoint 노드의 선택 상자를 클릭하면 원하는 모델을 선택할 수 있다.

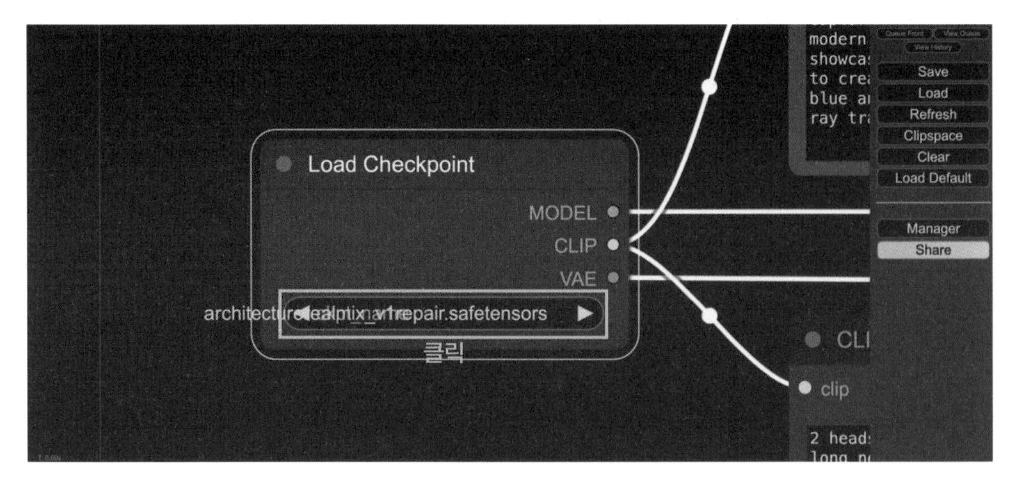

해당 파일은 [학습자료] – [architecturerealmix_v11.safetensors] 파일 활용

2 프롬프트 작성 (Clip Text Encode (Prompt)) 위쪽 프롬프트는 ❶일반적인 긍정문(Positive) 프롬프트를 입력하는 노드이며, 아래쪽 프롬프트는 ❷부정문(Negative) 프롬프트로 사용한다. 두 프롬프트에 적당한 텍스트를 입력한다.

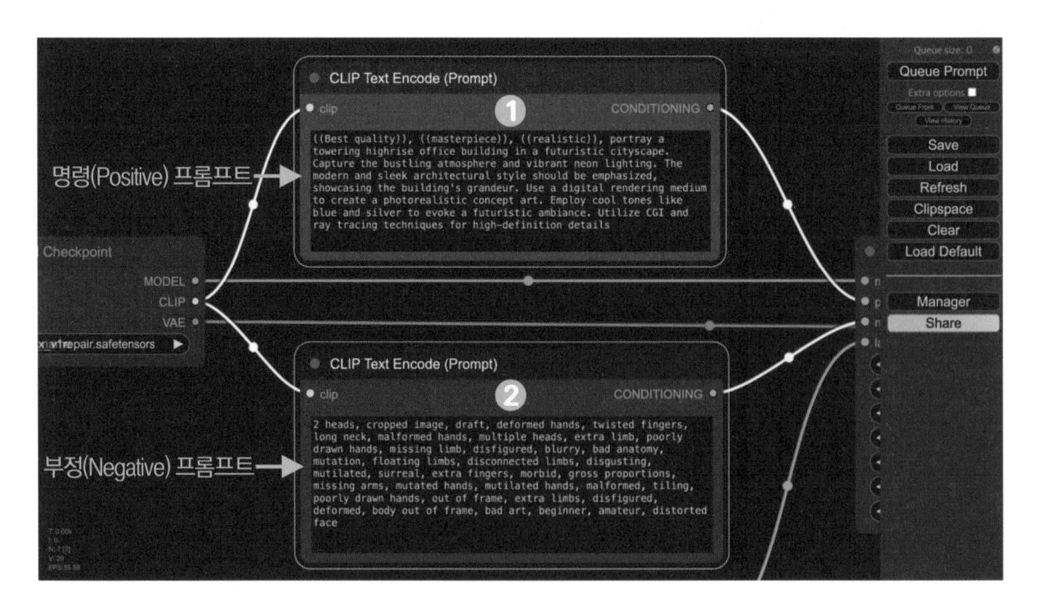

위 프롬프트는 CIVITAI의 모델에 있는 샘플 이미지의 프롬프트를 최대한 이용하도록 한다. 해당 모델은 [학습자료] – [컴피유아이_프롬프트.hwp] 파일 활용

CIVITAI의 모델에 있는 샘플 이미지의 프롬프트와 설정값를 참고하도록 한다. 단, 같은 프롬프트를 사용

하더라도 스테이블 디퓨전과 컴피 유아이의 설정과 이미지 처리 방식이 다르므로 다음의 이미지처럼 출력되지는 않을 것이다.

3 이미지 크기 조정 (Empty Latent Image) 이미지의 가로세로 크기(Width/Height)와 생성되는 이미지의 수(Batch size)를 입력(설정)한다. 작업 상황에 따라 이미지의 크기와 이미지 수를 설정하면 된다.

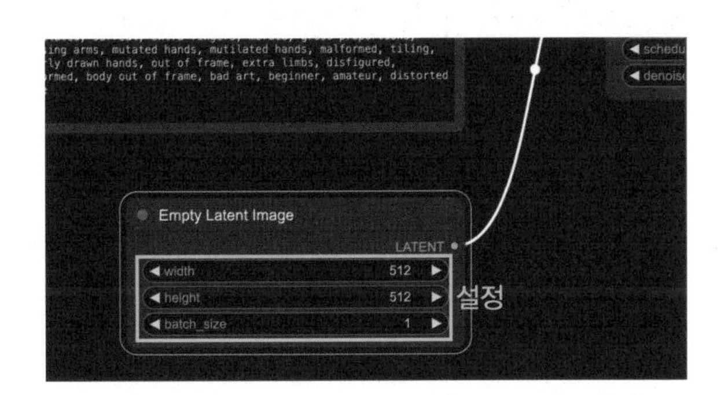

4 세부 설정 (Ksampler) 이미지 생성과 관련하여 세부적인 설정을 할 수 있다. 다음에 설명하는 설정 옵션에 대한 이해를 한 후 적당하게 설정하면 된다.

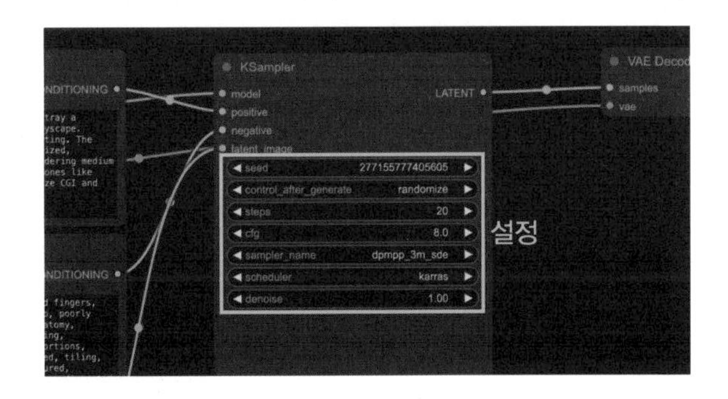

seed 무작위로 노이즈 값을 설정하며, 특정 이미지를 사용하려면 control_after_generate에서 시드값을 고정(fixed)하여 사용한다.

control after generate 이미지를 생성 후 위의 씨드 값을 어떻게 할 것인지를 결정한다. 고정값(fixed), 1씩 증가(increment), 1씩 감소(decrement), 무작위값(randomize)이 있다.

steps 노이즈를 제거할 횟수를 결정하며, 일반적으로 값이 높을수록 이미지가 개선되나 처리 속도가 오래 걸리게 된다.

cfg 프롬프트의 반영정도를 나타낸다. 값이 높을수록 이미지의 변형 정도가 높아진다.

sampler name 샘플러를 선택한다.

scheduler 각 단계별로 제거되는 노이즈의 양을 결정한다.

denoise 노이즈의 제거 강도를 결정하며, 1은 전체를 제거한다.

5 디코딩 (VAE Decode) VAE모델을 입력, 처리, 출력하는 노드이며, 기본으로 연결된 노드 구성에서 추가로 수정할 것은 없다.

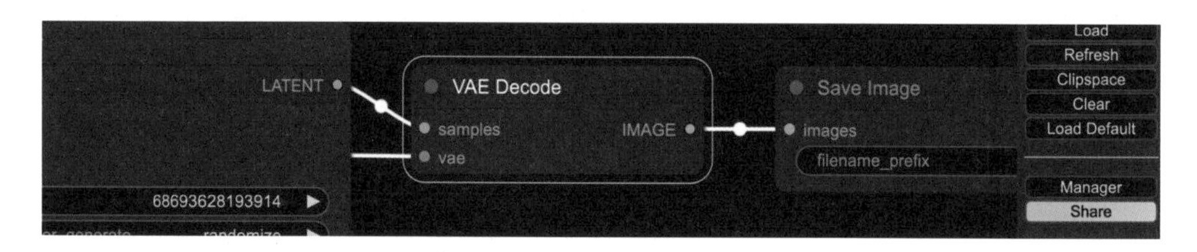

6 이미지 출력 (Save Image) 최종 이미지가 저장되는 노드이며, 이미지 파일의 이름을 정의한다.

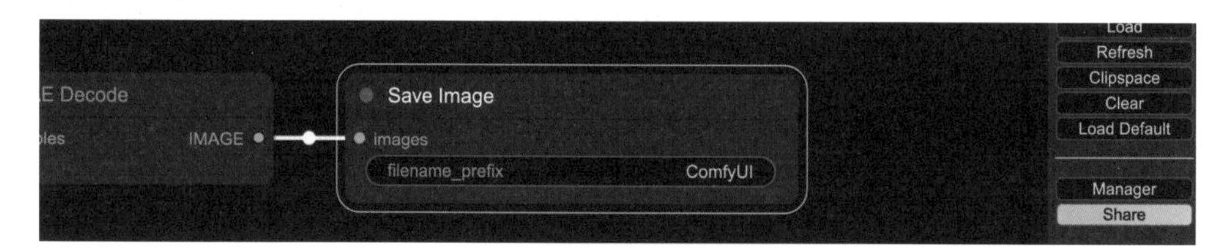

7 이미지 저장 (Queue Prompt) 마지막으로 이미지 생성을 시작하기 위하여 Queue Prompt를 눌러주면, 이미지가 생성되면서 컴피 유아이의 하위 폴더인 output에 이미지 파일 형식으로 저장된다.

스케치 렌더링하기 1

이번에는 앞서 디퓨전 비에서 살펴보았던 스케치를 렌더링하는 작업을 해보도록 한다. 첫 번째 방법은 위의 기본 워크플로우에 Load Image 노드와 VAE Encode 노드의 두 가지를 추가해서 간단하게 만들어 볼 수 있다.

1 Load Image 노드와 VAE Encode노드 추가 새로운 노드를 추가하기 위한 방법은 화면을 더블클릭 한 후 Search 창에서 사용할 ❶이름 입력 후 ❷선택하여 사용할 수 있다.

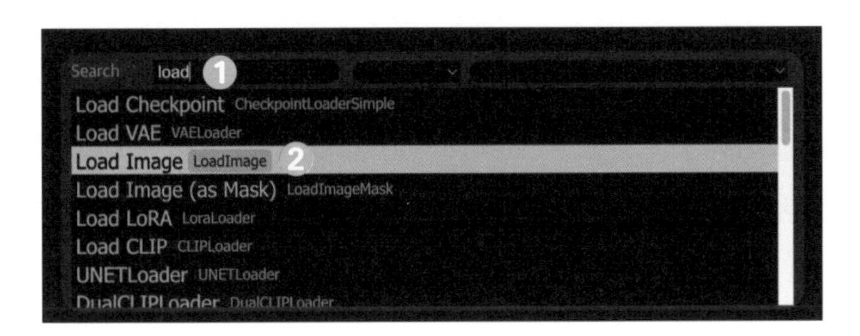

2 새로 생성된 Load Image 노드에서 ❶choose file to upload 버튼을 눌러 미리 준비한 ❷건물 스케치를 업로드한 뒤 새로 추가한 ❸VAE Encode 노드로 연결하고 다시 ❹KSampler로 연결한다.

[학습자료] – [건물 스케치] 활용

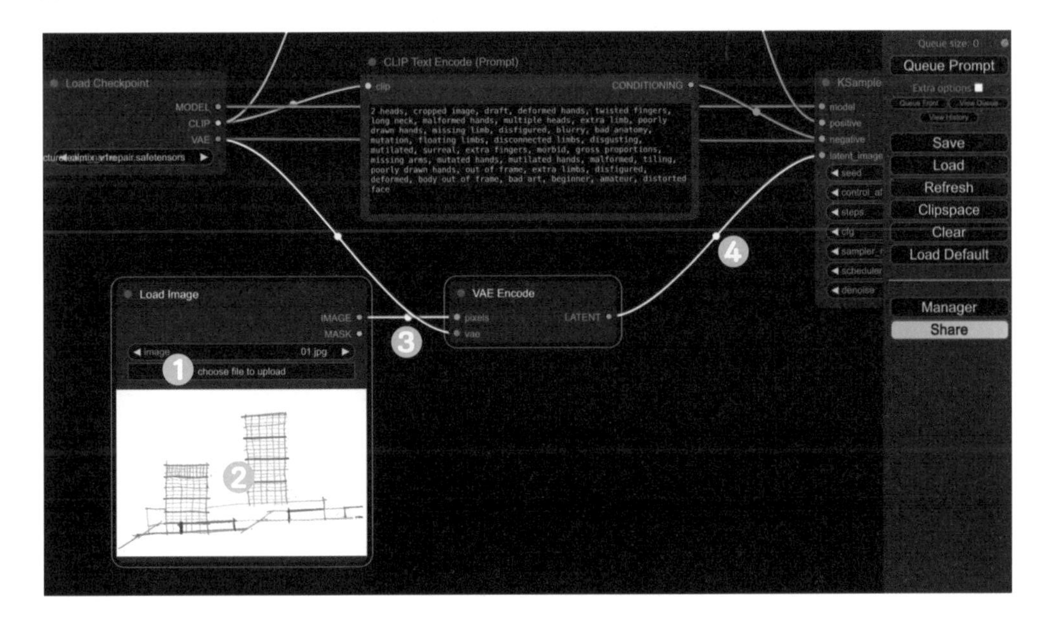

3 KSampler의 denoise값 변경 ①denoise의 최댓값은 1이고, 값을 낮출수록 업로드한 스케치의 형태에 가까와지며, 높아질수록 프롬프트에 가까와지므로 중간값에서 시작하여 적절한 값을 찾도록한다. 설정이 끝나면 ②Queue Prompt 버튼을 누른다.

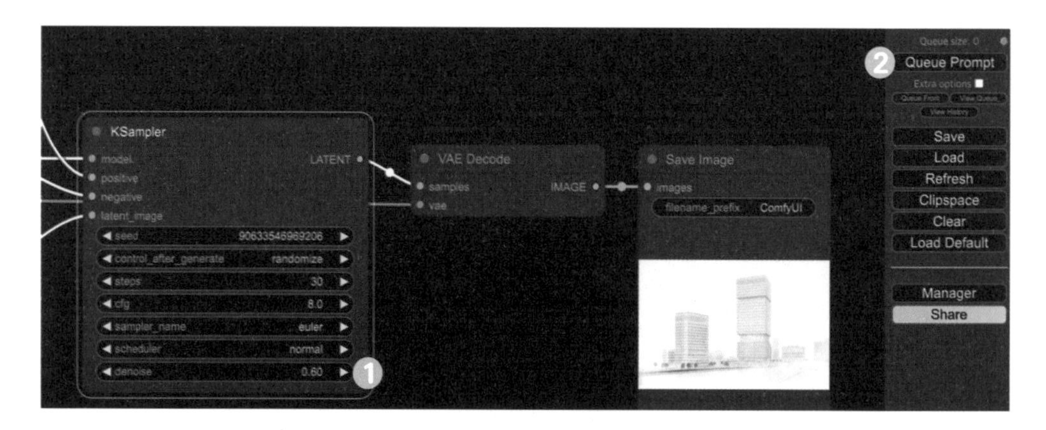

스케치 렌더링하기 2

스케치를 렌더링하는 두 번째 방법은 ComfyUI manager에서 ControlNet과 Depth모델을 사용하여 깊이감을 주어 렌더링하는 것이다.

1 ComfyUI Manager 설치 노드와 모델을 편리하게 설치 및 삭제하고, 업데이트 등의 관리를 위하여 ComfyUI Manager를 설치하도록 한다. 먼저, 윈도우의 커맨드 창이나 윈도우의 커맨드 창이나 맥의 터미널을 열고 아래의 순서에 따라 ComfyUI Manager를 컴피 유아이의 하위 폴더인 custom_nodes에 복사한다.

자세한 설치법은 컴피 유아이 매니저 창에서 설명하고 있다.

[학습자료(바로가기)] – [GitHub – ltdrdata:ComfyUI-Manager.html/webloc] 파일 활용

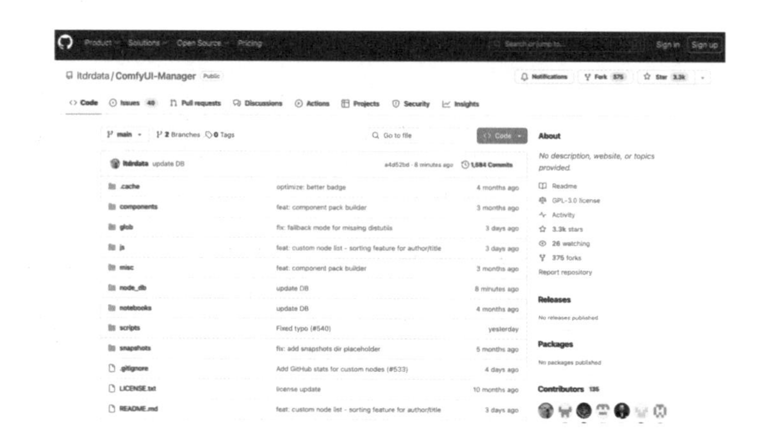

2 컴피 유아이 매니저 설치 후 컴피 유아이를 재실행하면, 그림처럼 화면 우측 하단에 Manager 버튼이 새로 생긴 것을 볼 수 있다.

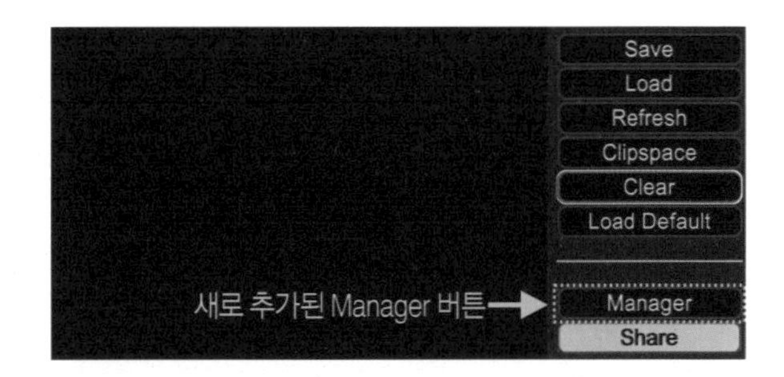

3 **ControlNet Node의 설치와 추가**

ComfyUI Manager를 실행하기 위하여 새로 생긴 Manager버튼을 누르면 아래와 같은 메뉴창이 나타나며, 노드의 추가 설치를 위해 Install Custom Nodes버튼을 누른다.

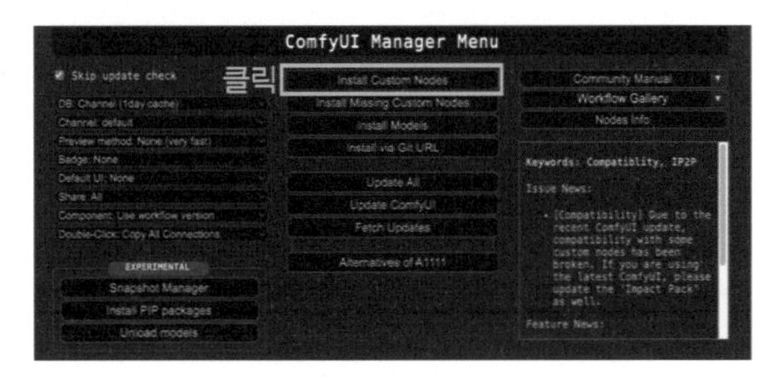

4 우측 상단에 키워드로 ①controlnet을 입력 후 Search 버튼을 눌러 ComfyUI's ControlNet Auxiliary Preprocessors ComfyUI-Advanced-ControlNet 등 필요한 노드를 찾아 ②Install 버튼을 눌러 노드를 설치한다.

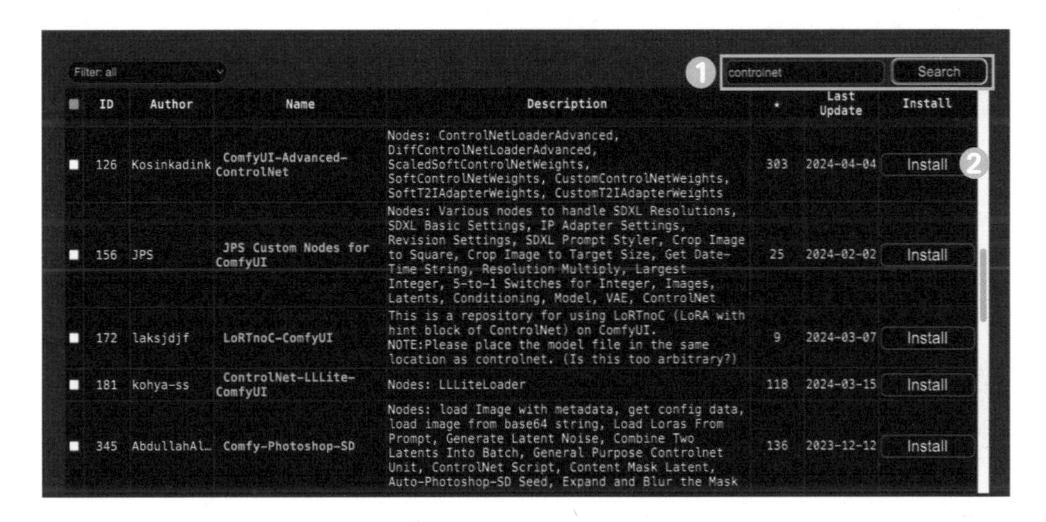

ID	Author	Name	Description	★	Last Update	Install
126	Kosinkadink	ComfyUI-Advanced-ControlNet	Nodes: ControlNetLoaderAdvanced, DiffControlNetLoaderAdvanced, ScaledSoftControlNetWeights, SoftControlNetWeights, CustomControlNetWeights, SoftT2IAdapterWeights, CustomT2IAdapterWeights	303	2024-04-04	Install
156	JPS	JPS Custom Nodes for ComfyUI	Nodes: Various nodes to handle SDXL Resolutions, SDXL Basic Settings, IP Adapter Settings, Revision Settings, SDXL Prompt Styler, Crop Image to Square, Crop Image to Target Size, Get Date-Time String, Resolution Multiply, Largest Integer, 5-to-1 Switches for Integer, Images, Latents, Conditioning, Model, VAE, ControlNet	25	2024-02-02	Install
172	laksjdjf	LoRTnoC-ComfyUI	This is a repository for using LoRTnoC (LoRA with hint block of ControlNet) on ComfyUI. NOTE:Please place the model file in the same location as controlnet. (Is this too arbitrary?)	9	2024-03-07	Install
181	kohya-ss	ControlNet-LLLite-ComfyUI	Nodes: LLLiteLoader	118	2024-03-15	Install
345	AbdullahAl…	Comfy-Photoshop-SD	Nodes: load Image with metadata, get config data, load image from base64 string, Load Loras From Prompt, Generate Latent Noise, Combine Two Latents Into Batch, General Purpose Controlnet Unit, ControlNet Script, Content Mask Latent, Auto-Photoshop-SD Seed, Expand and Blur the Mask	136	2023-12-12	Install

5 ①Load ControlNet Model 노드, ②Apply ControlNet (Advanced)노드, ③LeRes Depth Map (enable boost for leres++) 노드를 화면에 추가하기 위하여 화면을 더블클릭하고 키워드를 입력한다.

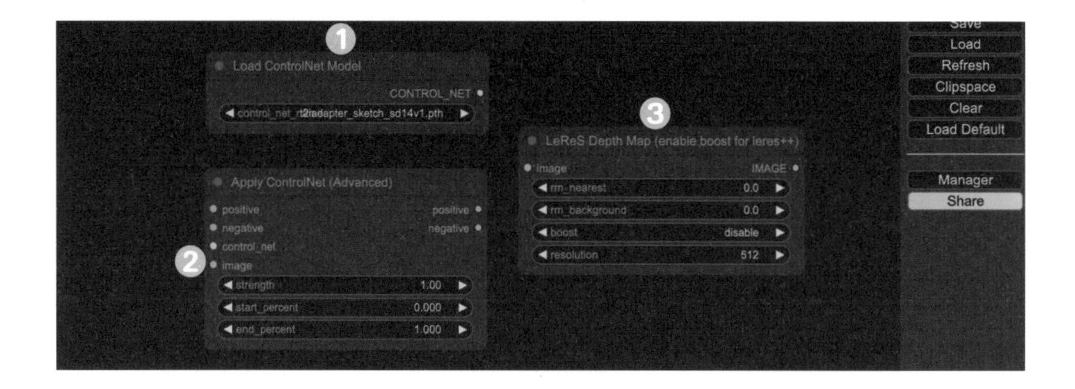

6 ControlNet Model의 설치와 추가 ComfyUI Manager를 실행하여 Install Models에서 ControlNet-v1-1 (Depth: fp16) 모델을 설치한다.

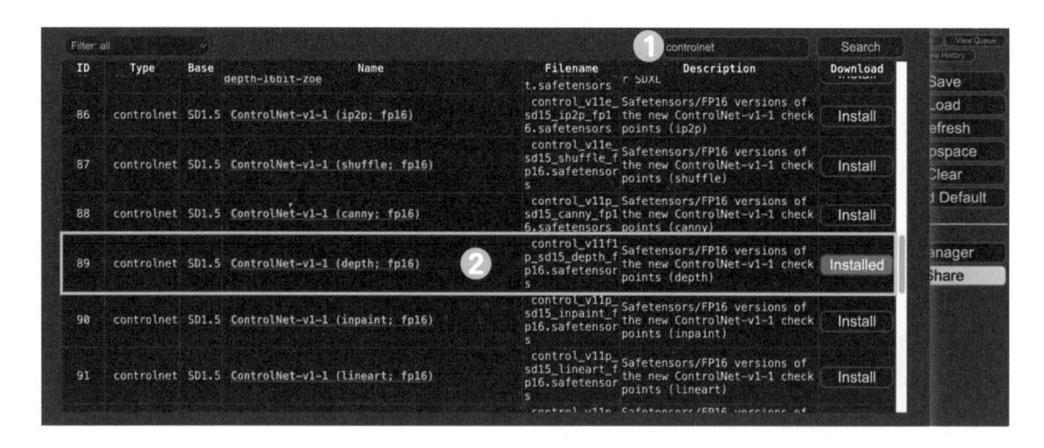

7 ControlNet Model 노드에서 위에서 설치한 Control_v11f1p_sd15_depth_fp16.safetensors 모델을 불러오기 위하여 새로고침(F5)을 하고, Load Controlnet Model 노드에서 ❶을 누르면 나타나는 ❷모델 리스트 중에서 해당 파일을 선택한다.

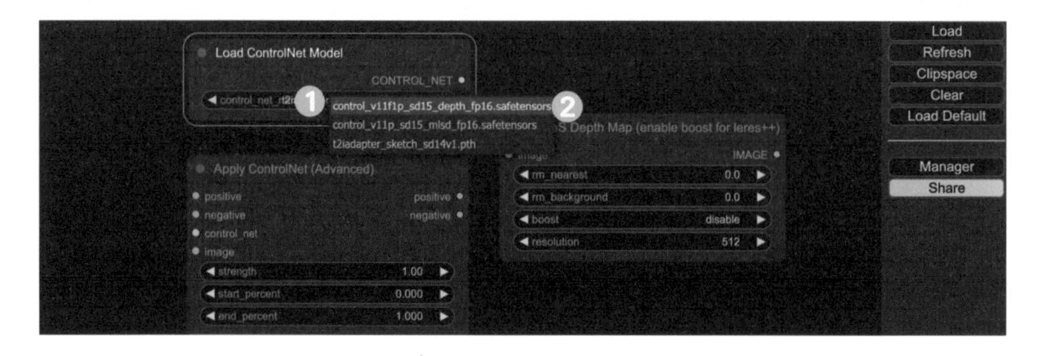

8 노드의 연결 추가한 노드(녹색)들을 다음의 이미지를 참고하여 기존 노드와 연결한다. Apply ControlNet (Advanced)노드의 Strength에서 강도를 조정할 수 있다.

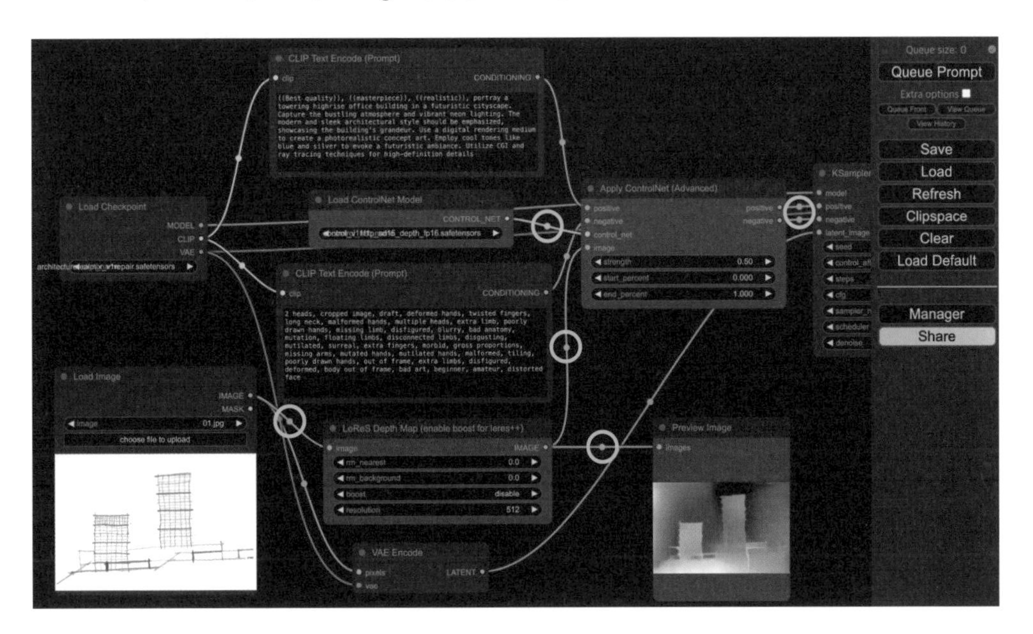

9 워크플로우 정리 전체 흐름이 잘 보이도록 노드들을 정돈해 놓으면 편집이나 공유에 유리하다.

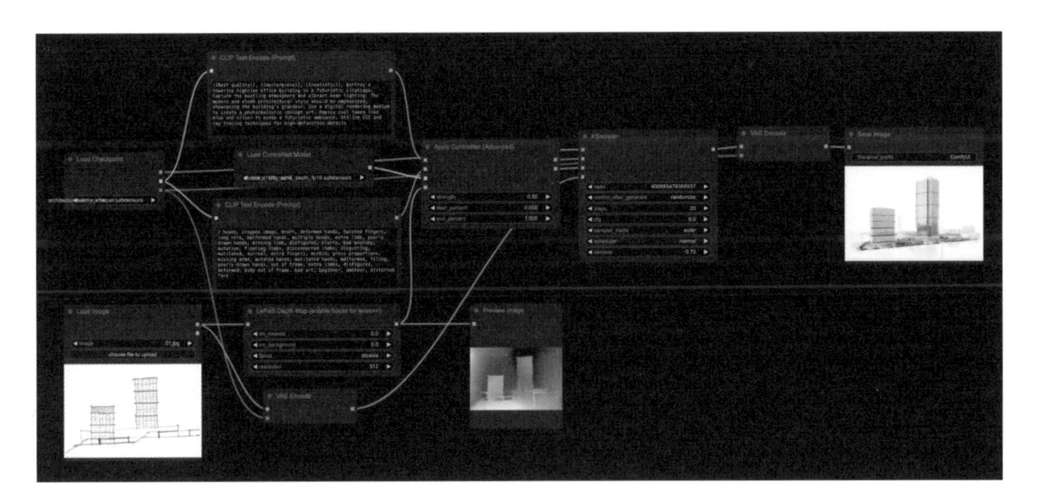

07-3 챗GPT

챗GPT(ChatGPT)는 대화형 인공지능 챗봇이다. 이 툴은 사용하기가 아주 쉬우며, 대화를 통하여 전례 없는 능력을 보여준다. 간단한 대화부터 사용자의 기호에 맞는 수준까지 조절이 가능하며, 또한 대화의 상호작용을 진행하는 과정에서 대화의 맥락을 이해하고 진행 중인 대화에 맞는 응답을 만들어낸다.

챗GPT 살펴보기

챗GPT는 처음부터 영어로 훈련된 툴이기에 영어에 대한 생성능력이 더 세밀하고 다양하다. 한국어로도 가능하지만 데이터의 양과 품질에서는 상대적으로 제한적이다 또한 우리가 다루는 건축의 문화적/기술적 배경도 대부분 영어권이기때문에 좀 더 완성된 결과물을 얻기 위해서는 영어의 사용을 권한다.

프롬프트의 구조

프롬프트 [역할], [과제], [고려사항]

역할 본인이 전문적인 업무를 수행하고 있음을 전달한다.

과제 하고자 하는 업무 및 목표를 정확히 알린다.

고려사항 과제를 수행하면서 고려해야 할 모든 사항을 빠짐없이 자세히 설명한다.

역할	과제	고려사항
건축가 인테리어디자이너 조경가 구조기술자 조명디자이너 건축사가 그래픽디자이너 도시계획가	건축주요구사항 대지분석 타당성조사 재무계획 조명디자인 위험요소 상세계획 미래도시예측	대지제약조건 시공예산 환경적 고려사항 디자인 트렌드 지질조건 이상적인 환경 지속가능성 건축가 최신기술

프롬프트 예시

역할 나는 건축가이며, 주거 계획을 하고 있다.

과제 자연 채광과 환기를 최적화하는 데 전문적인 도움이 필요하다. 이것을 달성하기 위한 효과적인 설계 전략은 무엇인가?

고려사항 내가 작업하고 있는 부지는 직사광선 접근이 제한된 소형 도시 지역이다.

나는 건축가이며, 주거계획을 하고 있다. 자연 채광과 환기를 최적화하는 데 전문가적인 도움이 필요하다. 이것을 달성하기 위한 효과적인 설계 전략은 무엇인가? 내가 작업하고 있는 부지는 직사광선 접근이 제한된 소형 도시 지역이다.

주거계획을 할 때 자연 채광과 환기를 최적화하는 것은 중요한 고려사항이다. 특히, 직사광선 접근이 제한된 소형 도시 지역에서는 몇 가지 효과적인 설계 전략을 고려할 수 있다. 다음은 고려해 볼만한 몇 가지 아이디어이다.

1. 창문 및 창문 배치

건물 내부에 자연 채광을 최대화하려면 적절한 크기와 위치의 창문을 고려한다. 햇볕이 들어오지 않는 방향에 창문을 배치하여 눈부심을 최소화하면서도 자연 채광을 활용할 수 있다.

2. 현관 및 중정

건물 내에 중정이나 현관을 도입하여 빛이 건물 내부로 퍼지도록 유도한다. 이를 통해 주택의 중심 부분까지 채광을 확보할 수 있다.

3. 높은 창문

건물 상단에 높은 창문을 추가하여 건물 꼭대기에서 빛을 받을 수 있도록 한다. 이를 통해 상층층의 공간도 자연 채광을 받을 수 있다.

4. 환기 시스템

효과적인 환기 시스템을 도입하여 실내 공기의 품질을 개선한다. 이는 건물 내부의 공기 순환을 촉진하고 쾌적한 환경을 유지하는 데 도움이 된다.

5. 초록 지붕 및 벽

지붕이나 벽면에 식물을 심어서 그림자를 제공하고 온도를 낮추는 동시에 환경을 아름답게 꾸밀 수 있다. 이러한 전략을 조합하여 건축물의 측면, 방향 및 내부 레이아웃을 최적화하여 자연 채광과 환기를 향상시킬 수 있다.

건축 실무 적용

건축설계에 챗GPT를 적용함으로써 창의적이고 혁신적인 방법으로 설계프로세스를 돕고 아이디어를 도출하며 의사소통을 촉진할 수 있도록 시도해 볼 수 있다. 다음은 그 일부 예시이며, 이 중에서 주로 다루어질 내용은 프리젠테이션, 시각화와 관련된 부분이다.

컨셉 도출 (Concept generation)

프로젝트의 주변 상황, 요구사항, 목적 등을 설명해 주고 독특한 디자인 개념, 공간 계획, 배치 계획을 고려하여 새로운 공간의 기능, 재료, 디자인 요소들을 제안해 줄 것을 챗GPT에게 요청한다.

문제해결 (Problem solving)

프로젝트에서의 설계 과제나 이슈를 설명해 주고, 챗GPT에게 이것들을 극복하기 위해 가능한 해결책이나 접근 방법을 요청한다.

재료와 지속가능성 (Material and Sustainability advice)

디자인 방향에 맞는 적합한 재료와 마감, 그리고 시공 방법을 챗GPT에게 문의한다. 그리고 프로젝트에 맞는 지속가능하고 친환경적인 설계 전략을 요청한다.

건축주 프레젠테이션 (Client presentations)

건축주와 투자자를 위한 설득력 있는 프레젠테이션을 작성하기 위하여 챗GPT에게 도움을 요청하여, 명확하고 주목을 끌 수 있는 디자인의 이론적 근거와 이점들에 대한 설명 요청을 한다.

디자인 내러티브 (Design narratives)

프로젝트의 본질과 스토리 및 의도하는 영향을 파악하기위한 디자인 내러티브를 개발하기 위하여 챗GPT에 요청한다.

디자인 언어와 미학 (Design language and Aesthetics)

디자인 스타일, 미학 및 건축의 참고 사항들을 챗GPT에게 설명하고 디자인에 대한 다양한 방향성을 요청한다.

시각화와 렌더링 (Visualization and Renderings)

시각화를 원하는 장면이나 시점을 설명해 주고 챗GPT에게 렌더링 또는 이미지로 변환되는 장면을 위한 텍스트를 만들어 달라고 요청한다.

커뮤니케이션과 협업 (Communication and Collaboration)

건축가, 건축주, 엔지니어 및 투자자 간에 디자인 아이디어의 효율적인 커뮤니케이션과 이해를 가능하게 하기 위한 가교역할을 챗GPT가 할 수 있다.

교육 도구 (Educational tool)

교육 분야에 종사하거나 학생일 경우, 챗GPT와 함께 건축이론, 역사적 맥락 및 디자인 원칙을 다루어 볼 수 있다.

코드 인터프리터(Cord interpreter)

코드 인터프리터는 챗GPT의 플러그인 중에 하나이며, 플러그인은 챗GPT의 기능을 향상시키는 것이 목적이다. 코드 인터프리터 플러그인은 챗GPT 플러스에서 유로로 이용이 가능하며, 가장 큰 특징은 기존의 챗GPT에서 텍스트를 입력하는 방식을 넘어, 파일을 통째로 업로드할 수 있다는 것이다. 업로드한 파일은 파이썬(Python)을 기반으로 데이터 분석, 프로그래밍, 수학 연산, 파일의 편집과 변환 등 사용자가 요구하는 업무를 수행할 수 있다. 이렇듯 파일의 업로드가 가능함으로써 건축 디자인에서 다양한 시도를 해 볼 수 있다.

사용 가능한 파일 형식 (포맷)

Text .txt, .csv, .json, .xml 등

Image .jpg, .png, .gif 등

Document .pdf, .docx, .xlsx, .pptx 등

Code .py, .js, .html, .css 등

Data .csv, .xlsx, .tsv, .json 등

Audio .mp3, .wav 등

Video .mp4, .avi, .mov 등

데이터의 정확성 검증

챗GPT는 방대한 양의 데이터를 기반으로 학습하여 사용자의 질문에 답변을 제공한다. 이 과정에서, AI는 다양한 주제에 대한 지식을 습득하지만, 학습 데이터의 시간적 범위가 한정되어 있고, 모든 가능한 데이터를 포괄할 수 없기 때문에 때때로 정보의 최신성이나 정확성에 한계를 보일 수 있다. 또한, 복잡하고 빠르게 변화하는 주제들에 대해서는 최신의 연구 결과나 전문가 의견을 반영하지 못할 가능성도 있다.

이러한 한계를 극복하기 위해, 챗GPT는 사용자에게 정보의 정확성을 검증하고 보완하기 위한 방법으로 관련 도서를 참고하거나 해당 분야의 전문가와 상의할 것을 권장한다. 또한, 인터넷이나 학술 데이터베이스 등에서 최신 정보를 찾아보는 것도 추천한다. 이는 사용자가 챗GPT가 제공하는 정보를 단순히 받아들이는 것이 아니라, 보다 심층적인 이해와 검증을 통해 더욱 정확하고 신뢰할 수 있는 결론에 도달할 수 있도록 돕는다.

챗GPT의 이러한 제안은 사용자가 비판적 사고를 발휘하고, 다양한 정보 소스를 통해 지식을 확장할 수 있는 기회를 제공한다. 결과적으로, 사용자는 챗GPT의 답변을 시작점으로 하여, 보다 광범위하고 깊이 있는 탐색과 학습을 할 수 있다.

07-4 AI 도구의 응용

앞에서 살펴본 다양한 스타일을 조합하거나, 이미지의 일부를 변형하여 예상치 못한 새로운 스타일을 만들어 볼 수 있다. 여기에서는 생성형 AI 도구(미드저니)를 활용한 응용법에 대해 알아본다.

이미지 조합

미드저니를 사용한 이미지 조합은 사용자가 다양한 요소와 개념을 하나의 이미지로 통합할 수 있게 해 주는 고도로 발전된 기능이다. 사용자는 특정 테마, 색상, 스타일 또는 구체적인 이미지 요소를 지정하여, Ai에 의해 생성된 이미지들을 결합하고 조정함으로써, 완전히 새로운 시각적 작품을 만들어낼 수 있다. 이 과정에서 사용자는 고딕 양식의 건축물과 현대적인 도시 풍경을 결합하거나, 특정 동식물과 추상적인 요소를 함께 조합하는 등의 요청을 할 수 있다.

프롬프트 키워드 [mix with A and B] [hybrid of A and B]

/prompt photographed by Hiroshi sugimoto, golden hour, mix with japanese zen style and david chipperfield --v 6.0 --s 50 --style raw

/prompt djing in front of an audience, cyberpunk style, in chartres cathedral in france --v 6.0 --s 50 --style raw

이미지 변형

미드저니에서 이미지 변형은 기존의 이미지를 새로운 시각적 요소, 스타일, 또는 컨셉으로 재해석하는 과정을 말한다. 이러한 변형은 사용자가 제공한 기초 이미지나 아이디어를 바탕으로, AI가 창조적으로 변형하여 전혀 다른 분위기나 메시지를 담은 새로운 이미지를 생성하는 것을 포함한다.

배경 변형하기

다음의 이미지를 Vary(Region) 기능을 이용하여 좌측엔 높은 건물을 배치하고, 우측엔 낮은 건물을 배치하며, 파빌리언 안에는 모터카를 순차적으로 추가해 보도록 한다. 프롬프트를 한꺼번에 적용하면, 파빌리언의 형태 변형이 발생하거나 원하는 위치에 정확히 배치가 안되는 경우가 있으므로 단계별로 진행한다.

1 다음과 같은 이미지(Glass pavilion)를 생성하고, ❶업스케일(Upscale) 버튼을 누른다. 그다음 편집기를 열기 위해 ❷Vary(Region) 버튼을 누른다.

/prompt glass pavilion --v 6.0 --s 50 --style raw

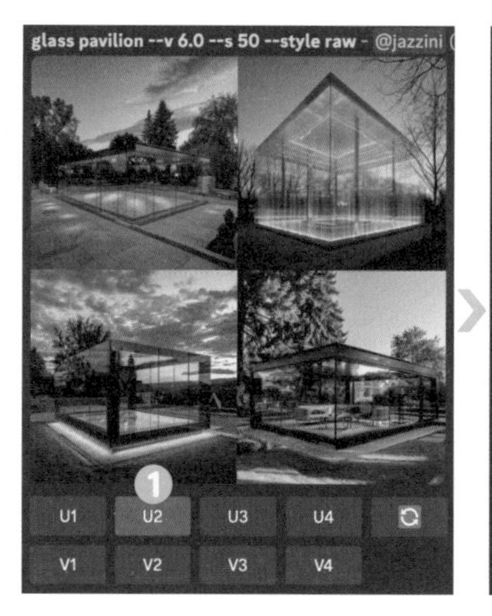

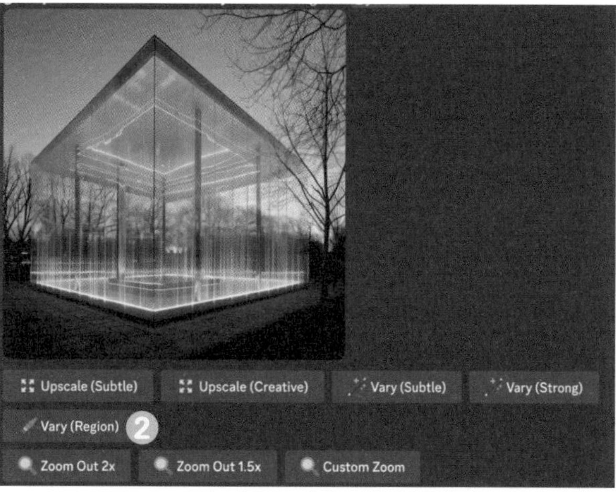

2 편집기에서 고층 건물을 배치할 좌측의 영역을 ❶선택(클릭 & 드래그하여 선택)하고, 기존 프롬프트에 새로 적용할 ❷프롬프트(high-rise buildings)를 입력한 후 ❸적용한다.

/prompt high-rise buildings, glass pavilion --v 6.0 --s 50 --style raw

3 통해 다시 편집기를 열어 놓은 후 이번엔 낮은 건물을 배치할 ❶우측 영역을 선택하고, 새로운 ❷프롬프트(low-rise buildings)를 입력한 후 ❸적용한다.

/prompt low-rise buildings, high-rise buildings, glass pavilion --v 6.0 --s 50 --style raw

4 다시 한 번 더 편집기를 열어 놓은 후 이번엔 자동차를 배치할 ❶하부 영역을 선택하고, 새로운 ❷프롬프트(a racing car)를 입력한 후 ❸적용한다.

/prompt a racing car, low-rise buildings, high-rise buildings, glass pavilion --v 6.0 --s 50 --style raw

변경 전(좌)과 후(우)의 모습

입면 변형하기

1 Vary(Region) 기능을 이용하여 입면을 변경할 수도 있다. 다음과 같은 이미지를 생성하고, ❶업스케일(Upscale) 버튼을 누른다. 그다음 편집기를 열기 위해 ❷Vary(Region) 버튼을 누른다.

/prompt exterior view, vintage, steampunk style, glass house --v 6.0 --s 50 --style raw

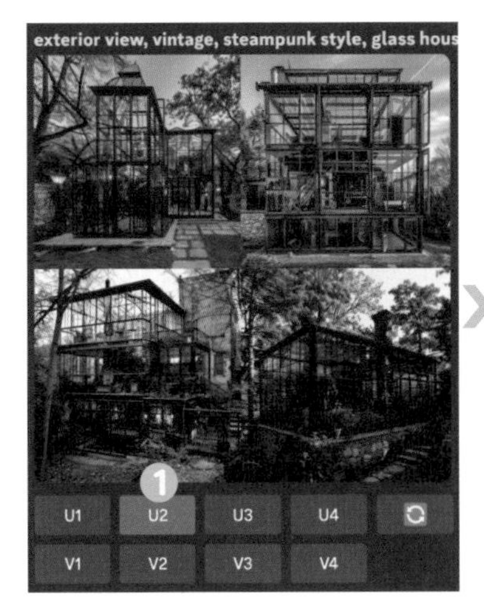

2 편집기에서 변경할 창문을 ❶한꺼번에 선택하고, 새로운 ❷프롬프트(rainbow colored window glass)를 입력한 후 ❸적용한다. 이때 창문 프레임의 변형이 생기는 경우 유리만 개별적으로 선택하여 변형을 피할 수도 있다.

/prompt rainbow colored window glass, exterior view, vintage, steampunk style, glass house --v 6.0 --s 50 --style raw

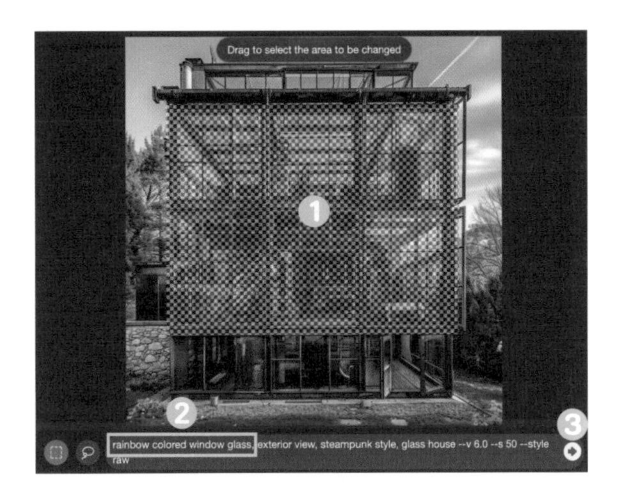

다양한 변경 예시

원서 재현

미드저니와 같은 생성형 AI를 사용하여 원서를 시각적으로 재현하는 것은 매우 흥미로운 가능성을 제시한다. 사용자는 원서의 특정 장면, 분위기 또는 테마를 기반으로 시각적 이미지를 생성 요청할 수 있으며, AI는 이를 분석하고 해석하여 시각적 작품으로 재현한다.

프랑스 소설가 에밀 졸라(Emile zola)의 The Ladies' Paradise(1883)에서 한 장소에 관한 서술을 이미지화

/prompt the arcades blazed with light, forming a straight line of fire that unfolded under the glass roofs, casting a glare on the wet pavements --s 50 --style raw

고대 그리스의 역사가인 헤로도토스(Herodotus)가 저술한 역사(Histories)에서 이집트의 미로 (The labyrinth)에 관해 서술한 내용을 이미지화

/prompt comprising twelve covered courts, six facing the north and six facing the south, the labyrinth in egypt is enclosed by a common outer wall. within its walls are two types of chambers, one set located below ground and another set above ground, totaling an impressive three thousand chambers, with fifteen hundred of each kind. the upper chambers showcase a breathtaking display of architectural brilliance. the passages through the chambers, along with the adorned courts, colonnades, and rooms, create an awe-inspiring maze of unparalleled complexity. each court is surrounded by pillars of flawlessly assembled white stone, contributing to the labyrinth's overall aesthetic grandeur. the labyrinth's walls are adorned with intricately carved figures, and the entire structure is capped with a stone roof mirroring the walls. towards one corner of the labyrinth, a pyramid of forty fathoms stands tall, featuring large carved figures, and an underground passage leads to this majestic structure --s 0

에필로그

현재, 인공지능(AI)에 대한 접근은 환영하면서도 조심스런 분위기인 듯하다. 엔디비아 같은 AI 관련주가 미국 증시 전체를 달구고 있고, 예술의 영역에서는 스테이블 디퓨전, 달리, 미드저니, 챗GPT와 같은 잠재력을 가진 강력한 AI의 등장은 관련이 없는 사람들에게도 많은 관심을 끌고있다. 반면, AI의 예술 영역 진입에 따른 여러 부정적인 우려에서 시작하여 AI 개발에 대한 규제와 활용 범위에 이르기까지 다양한 논의들이 활발하게 이루어지고 있다.

| 보리스 엘다크젠이 SWPA에 출품하여 당선된 AI 이미지 '전기공 (The electrician)' |

사용자 입장에서 보면, 과거에는 이런 기술을 다루는 것이 전문가의 영역이었다면, 지금은 쉬운 AI 소프트웨어의 등장으로 비전공자들의 디자인에 대한 접근성이 대폭 향상되었다. 결과적으로, 어쩌면 무거운 주제일 수 있는 책을 일반인을 대상으로 쓸 수 있게 되었다고 볼 수 있다. 설계자의 입장에서는 경계의 벽이 허물어질 수 있는 현재 상황이 유쾌하지 않을 수 있지만, 서로 간의 협업과 참여를 통해 더 창조적인 작업을 기대해 볼 수도 있을 것이다.

마지막으로 이 책에서 언급했던 프롬프트와 관련하여 중요한 몇 가지 내용을 가지고 글을 마무리하고자 한다.

첫째, 프롬프트는 구체적이고 정확한 텍스트를 사용할 것.

미드저니에게 파리에 있는 건축물의 이미지를 요청하면, 우리가 상상하는 멋있는 모더니즘이후의 멋진 건축물이 아닌 고전 스타일의 건축물을 보여준다. 이러한 현상은 아시아, 아프리카 등 비서구권의 건축물을 재현해보면 더 확연히 드러난다. 비단 건축 뿐만 아니라 여러 분야에서 보이는 것으로, 우리가 원하는 프롬프트에 대한 대표성에 의문을 품게 되며, AI가 일반화한 일종의 편견을 보게 된다. 그래서 파리의 건축물이라는 프롬프트에 시기와 장소 또는 양식 등의 구체적인 표현을 더해주라고 이 책에서 몇 번 언급되었다. 그러기 위해서는 AI에게 모두 의존하지 말고 프롬프터가 능동적으로 어느 정도 지식을 가지고 구체적인 요구를 해야 한다. 잘 모르면 막연하고 광범위한 프롬프트를 사용하게 되고, 그에 따라 얻게 되는 이미지는 시각적으로 훌륭해 보일 수 있으나 논란의 여지를 남기게 되는 결과를 가져올 수도 있기 때문이다.

"Ask the right questions if you're going to find the right answers." – Vanessa Redgrave

둘째, 언어는 가급적 영어를 사용할 것.

미드저니와 챗GPT는 수백만 개의 웹사이트를 학습한 결과이며, 그 웹사이트의 63.7%가 영어이다. OpenAI가 "챗GPT가 서양적 사고에 치우쳐 있으며 영어로 가장 잘 작동한다"고 스스로 인정한 것처럼, 영어로는 의미 전달이 명확한 반면, 한국어에서는 어색한 경우가 종종 있기에 번역기를 사용하더라도 영어 사용을 권장한다. 반면, 서양적 사고의 문제는 AI가 학습한 방대한 데이터의 깊숙한 곳에 새겨져 있기에, 이를 걸러내는 것은 현재뿐만 아니라 앞으로도 극복하기 어려울 수 있다. 이것은 AI의 문제가 아닌 데이터를 만든 사람의 문제이다.

가까운 미래에는 AI를 이용해 이미지를 생성하는 것에 상당한 제약이 따를지도 모른다. AI는 인터넷을 통해 기존의 데이터를 학습한 것이기에, 데이터에 저작권이 존재한다면 당연히 사용에 대한 비용을 지불해야 하며, 이미 몇몇 AI 회사들이 데이터 학습 및 활용을 위해 데이터 제공업체와 계약을 체결하고 있다. 반대로, 컴퓨터는 저작권을 주장할 수 없고, 우리가 AI를 이용해 만든 이미지도 마찬가지이다. 즉, 아무나 AI로 생성한 자신의 이미지를 허락 없이 퍼갈 수 있다는 것이다. 이 부분은 활발한 논의가 진행 중이며, 정보와 지식을 생산하는 사람에 대한 권리를 존중하고 보상하는 방향으로 정리될 것으로 보인다.

건축에 있어서 AI의 중요한 과제이자 난제는 아마도 형태를 3차원으로 전환하는 작업일 것이다. 현재 만들어지는 이미지는 시각적으로는 3차원으로 보이지만 실제로는 2차원이며, 건축을 위해서는 통제 가능한 3차원 데이터가 필요하다. 그래야만 평면, 입면, 단면 등의 건축도면으로 전환할 수 있다. 어쩌면 머지않아 AI 스스로 건축물을 디자인하고, 건축하는 종말을 초래하게 될지도 모른다.

참고문헌

도서

1. 비난트 클라센, 서양건축사, 아키그램, 2003
2. 윤도근 외, 건축제도 설계입문, 문운당, 2007
3. 김찬주 외, 도면의 힘, 구미서관, 2022
4. 조준현 외, 건축재료학, 기문당, 2021
5. 안동훈 외, 건축재료학, 예문사, 2020
6. 문성훈, 알기 쉬운 건축물의 용도, 시공문화사, 2022
7. 공혜원, 서양가구의 역사, 살림지식총서, 2012,
8. 조숙경, 서양가구의 역사, 기문당, 2023
9. Mateo Kries, Design Museum, Atlas of Furniture Design, 2019
10. 월간미술 편집부, 세계미술용어사전, 월간미술, 2017
11. pmg 지식엔진연구소, 시사상식사전, 박문각
12. 이용태, 생성형AI빅3, 책바세, 2023
13. 김철수, 챗GPT와 데이터 분석 with 코드 인터프리터, 위키북스, 2023
14. Neil Leach, 인공지능시대의 건축, 시공문화사, 2023
15. 강혜주, 가든 디자이너, 들녘, 2016
16. 박웅규, 정원의 시작, 디자인포스트, 2022

인터넷

1. Discord https://discord.com
2. Midjourney, https://docs.midjourney.com
3. GPT-4, https://openai.com/gpt-4
4. SketchUp, https://www.sketchup.com
5. Revit, https://www.autodesk.co.kr/products/revit
6. Rhino, https://www.rhino3d.com/kr
7. Veras, https://www.evolvelab.io
8. Stable Diffusion, https://stability.ai
9. Stable Diffusion web UI, https://github.com/AUTOMATIC1111/stable-diffusion-webui
10. DiffusionBee, https://diffusionbee.com
11. ComfyUI, https://github.com/comfyanonymous/ComfyUI
12. CIVITAI, https://civitai.com
13. Wikipedia, https://www.wikipedia.org
14. 대한건축학회 온라인 건축용어사전, http://dict.aik.or.kr
15. Archdaily, https://www.archdaily.com
16. AD, https://www.architecturaldigest.com
17. Architizer, https://architizer.com
18. WGMI, https://wgmimedia.com
19. Prompt Gaia, https://www.promptgaia.com
20. AiTuts, https://aituts.com
21. DC, https://decentralizedcreator.com
22. Let' s Try Ai, https://letstryai.com
23. MLearning.ai, https://medium.com/mlearning-ai